与其爱一个人，不如说你就是爱，
你的爱是无条件的。必须以珍重的心意。

U0960529

诗 与 远 方 系 列

▲

为了避免结束，
你避免了一切开始

徐志摩 林徽因 拜伦 等著

时代出版传媒股份有限公司
北 京 时 代 华 文 书 局

图书在版编目（CIP）数据

为了避免结束，你避免了一切开始 / 徐志摩等著；方圃译．
-- 北京：北京时代华文书局，2016.5
（诗与远方系列）
ISBN 978-7-5699-0897-8

Ⅰ．①为… Ⅱ．①徐… ②方… Ⅲ．①散文集－世界 ②诗集－世界 Ⅳ．① I16 ② I12

中国版本图书馆 CIP 数据核字 (2016) 第 080810 号

为了避免结束，你避免了一切开始

著　　者｜徐志摩等
译　　者｜方　圃

出 版 人｜杨红卫
选题策划｜陈丽杰
责任编辑｜陈丽杰　李　争
装帧设计｜龙　梅　段文辉
责任印制｜刘　银　訾　敬

出版发行｜时代出版传媒股份有限公司 http://www.press-mart.com
北京时代华文书局 http://www.bjsdsj.com.cn
北京市东城区安定门外大街 136 号皇城国际大厦 A 座 8 楼
邮编：100011　电话：010－64267955　64267677
印　　刷｜北京富诚彩色印刷有限公司　010 - 60904806
（如发现印装质量问题，请与印刷厂联系调换）
开　　本｜880mm×1230mm　1/32
印　　张｜7
字　　数｜230 千字
版　　次｜2016 年 7 月第 1 版　2018 年 7 月第 2 次印刷
书　　号｜ISBN 978-7-5699-0897-8

定　　价｜36.00 元

目录
CONTENTS

二
为了你，我可以丢弃一切

三
以艺术的眼去看女人

四
你是人间四月天

一
爱你就像爱生命

一生至少该有一次，为了某个人而忘了自己，不求有结果，不求同行，不求曾经拥有，甚至不求你爱我，只求在我最美的年华里，遇到你。

我是天空里的一片云

徐志摩

我是天空里的一片云，
偶尔投映在你的波心——
你不必讶异，
更无须欢喜——
在转瞬间消灭了踪影。
你我相逢在黑夜的海上，
你有你的，我有我的，方向；
你记得也好，
最好你忘掉，
在这交会时互放的光亮！

我曾经爱过你

普希金

我曾爱过你，爱情也许
依然留存在我心中。
但已不会打扰到你，
我并不想你再次悲伤。
我曾沉默地，绝望地爱过你，

我曾羞怯地，嫉妒地爱过你，
我曾温柔地，真诚地爱过你，
我只愿上帝保佑，
另一个人也会像我一样爱你。

世界上最遥远的距离

佚名

世界上最遥远的距离
不是生与死的距离
而是我就站在你的面前
你却不知道我爱你

世界上最遥远的距离
不是我站在你面前
你不知道我爱你
而是爱到痴迷
却不能说我爱你

世界上最遥远的距离
不是我不能说我爱你
而是想你痛彻心脾

却只能深埋心底

世界上最遥远的距离
不是我不能说我想你
而是彼此相爱
却不能够在一起

世界上最遥远的距离
不是彼此相爱
却不能够在一起
而是明知道真爱无敌
却装作毫不在意

世界上最远的距离
不是树与树的距离
而是同根生长的树枝
却无法在风中相依

世界上最远的距离
不是树枝无法相依
而是相互瞭望的星星
却没有交汇的轨迹

世界上最远的距离

不是星星之间的轨迹
而是纵然轨迹交汇
却在转瞬间无处寻觅

世界上最远的距离
不是瞬间便无处寻觅
而是尚未相遇
便注定无法相聚

世界上最远的距离
是鱼与飞鸟的距离
一个在天，一个却深潜海底

最后的解脱未始不是幸福

林徽因

十一月十九日我们的好朋友，许多人都爱戴的新诗人，徐志摩突兀的，不可信的，惨酷的，在飞机上遇险而死去。这消息在二十日的早上像一根针刺猛触到许多朋友的心上，顿使那一早的天墨一般地昏黑，哀恸的咽哽锁住每一个人的嗓子。

志摩……死……谁曾将这两个句子联在一处想过！他是那样活泼的一个人，那样刚刚站在壮年的顶峰上的一个人。朋友们常常惊讶他的活动，他那像小孩般的精神和认真，谁又会想到他死？

突然地，他闯出我们这共同的世界，沉入永远的静寂，不给我们一点预告，一点准备，或是一个最后希望的余地。这种几乎近于忍心的决绝，那一天不知震麻了多少朋友的心？现在那不能否认的事实，仍然无情地挡住我们前面。任凭我们多苦楚地哀悼他的惨死，多迫切地希冀能够仍然接触到他原来的音容，事实是不会为体贴我们这悲念而有些须更改；而他也再不会为不忍我们这伤悼而有些须活动的可能！这难堪的永远静寂和消沉便是死的最残酷处。

我们不迷信地，没有宗教地望着这死的帏幕，更是丝毫没有把握。张开口我们不会呼吁，闭上眼不会入梦，徘徊在理智和情感的边沿，我们不能预期后会，对这死，我们只是永远发怔，吞咽枯涩的泪，待时间来剥削着哀恸的尖锐，痂结我们每次悲悼的创伤。那一天下午初得到消息的许多朋友不是全跑到胡适之先生家里么？但是除却拭泪相对，默然围坐外，谁也没有主意，谁也不知有什么话说，对这死！

谁也没有主意，谁也没有话说！事实不容我们安插任何的希望，情感不容我们不伤悼这突兀的不幸，理智又不容我们有超自然的幻想！默然相对，默然围坐……而志摩则仍是死去没有回头，没有音讯，永远地不会回头，永远地不会再有音讯。

我们中间没有绝对信命运之说的，但是对着这不测的人生，谁不感到惊异，对着那许多事实的痕迹又如何不感到人力的脆弱，智慧的有限。世事尽有定数？世事尽是偶然？对这永远的疑问我们什么时候能有完全的把握？

在我们前边展开的只是一堆坚质的事实：

“是的，他十九晨有电报来给我……

“十九早晨，是的！说下午三点准到南苑，派车接……

“电报是九时从南京飞机场发出的……

“刚是他开始飞行以后所发……

“派车接去了，等到四点半……说飞机没有到……

“没有到……航空公司说济南有雾……很大……”只是一个

钟头的差别；下午三时到南苑，济南有雾！谁相信就是这一个钟头中便可以有这么不同事实的发生，志摩，我的朋友！

他离平的前一晚我仍见到，那时候他还不知道他次晨南旅的，飞机改期过三次，他曾说如果再改下去，他便不走了的。我和他同由一个茶会出来，在总布胡同口分手。在这茶会里我们请的是为太平洋会议来的一个柏雷博士，因为他是志摩生平最爱慕的女作家曼殊斐儿的姊丈，志摩十分地殷勤；希望可以再从柏雷口中得些关于曼殊斐儿早年的影子，只因限于时间，我们茶后匆匆地便散了。晚上我有约会出去了，回来时很晚，听差说他又来过，适遇我们夫妇刚走，他自己坐了一会儿，喝了一壶茶，在桌上写了些字便走了。我到桌上一看——

“定明早六时飞行，此去存亡不卜……”我怔住了，心中一阵不痛快，却忙给他一个电话。

“你放心。”他说，“很稳当的，我还要留着生命看更伟大的事迹呢，哪能便死？……”

话虽是这样说，他却是已经死了整两周了！

凡是志摩的朋友，我相信全懂得，死去他这样一个朋友是怎么一回事！

现在这事实一天比一天更结实，更固定，更不容否认。志摩是死了，这个简单惨酷的实际早又添上时间的色彩，一周，两周，一直地增长下去……

我不该在这里语无伦次地尽管呻吟我们做朋友的悲哀情绪。归根说，读者抱着我们文字看，也就是像志摩的请柏雷一样，要从我们口里再听到关于志摩的一些事。这个我明白，只怕我不能使你们满意，因为关于他的事，动听的，使青年人知道这里有个不可多得的人格存在的，实在太多，决不是几千字可以表达得完。谁也得承认像他这样的一个人世间便不轻易有几个的，无论在中国或是外国。

我认得他，今年整十年，那时候他在伦敦经济学院，尚未去康桥。我初次遇到他，也就是他初次认识到影响他迁学的逖更生先生。不用说他和我父亲最谈得来，虽然他们年岁上差别不算少，一见面之后便互相引为知己。他到康桥之后由逖更生介绍进了皇家学院，当时和他同学的有我姊丈温君源宁。一直到最近两个月中源宁还常在说他当时的许多笑话，虽然说是笑话，那也是他对志摩最早的一个惊异的印象。志摩认真的诗情，绝不含有丝毫矫伪，他那种痴，那种孩子似的天真实能令人惊讶。源宁说，有一天他在校舍里读书，外边下了倾盆大雨——惟是英伦那样的岛国才有的狂雨——忽然他听到有人猛敲他的房门，外边跳进一个被雨水淋得全湿的客人。不用说他便是志摩，一进门一把扯着源宁向外跑，说快来我们到桥上去等着。这一来把源宁怔住了，他问志摩等什么在这大雨里。志摩睁大了眼睛，孩子似的高兴地说“看雨后的虹去”。源宁不止说他不去，并且劝志摩趁早将湿透的衣服换下，再穿上雨衣出去，英国的湿气岂是儿戏，志摩不等他说完，一溜烟地自己跑了！

以后我好奇地曾问过志摩这故事的真确，他笑着点头承认这全段故事的真实。我问：那么下文呢，你立在桥上等了多久，并且看到虹了没有？他说记不清但是他居然看到了虹。我诧异地打断他对那虹的描写，问他：怎么他便知道，准会有虹的。他得意地笑答我说："完全诗意的信仰！"

"完全诗意的信仰"，我可要在这里哭了！也就是为这"诗意的信仰"，他硬要借航空的方便达到他"想飞"的宿愿！"飞机是很稳当的，"他说，"如果要出事那是我的运命！"他真对运命这样完全诗意的信仰！

志摩我的朋友，死本来也不过是一个新的旅程，我们没有到过的，不免过分地怀疑，死不定就比这生苦，"我们不能轻易断定那一边没有阳光与人情的温慰"，但是我前边说过最难堪的是这永远的静寂。我们生在这没有宗教的时代，对这死实在太没有把握了。这以后许多思念你的日子，怕要全是昏暗的苦楚，不会有一点点光明，除非我也有你那美丽的诗意的信仰！

我个人的悲绪不竟又来扰乱我对他生前许多清晰的回忆，朋友们原谅。

诗人的志摩用不着我来多说，他那许多诗文便是估价他的天平。我们新诗的历史才是这样的短，恐怕他的判断人尚在我们儿孙辈的中间。我要谈的是诗人之外的志摩。人家说志摩的为人只是不经意的浪漫，志摩的诗全是抒情诗，这断语从不认识他的人听来可以说很公平，从他朋友们看来实在是对不起他。志摩是个很古怪的人，浪漫固然，但他人格里最精华的却是他对人的同情、和蔼和优容；没有一个人他对他不和蔼，没有一种人，他不能优容，没有一种的情感，他绝对地不能表同情。我不说了解，因为不是许多人爱说志摩最不解人情么？我说他的特点也就在这上头。

我们寻常人就爱说了解；能了解的我们便同情，不了解的我们便很落寞乃至于酷刻。表同情于我们能了解的，我们以为很适当；不表同情于我们不能了解的，我们也认为很公平。志摩则不然，了解与不了解，他并没有过分地夸张，他只知道温存，和平，体贴，只要他知道有情感的存在，无论出自何人，在何等情况下，他理智上认为适当与否，他全能表几分同情，他真能体会原谅他人与他自己不相同处。从不会刻薄地单支出严格的逼仄的道德的天平指摘凡是与他不同的人。他这样的温和，这样的优容，真能使许多人惭愧，我可以忠实地说，至少他要比我们多数的人伟大许多；他觉得人类各种的情感动作全有它不同的，价值放大了的人类的眼光，同情是不该只限于我们划定的范围内。他是对的，朋友们，归根说，我们能够懂得几个人，了解几桩事，几种情感？哪一桩事，哪一个人没有多面的看法！为此说来志摩的朋友之多，不是个可怪的事；凡是认得他的人不论深浅对他全有特殊的感情，也是极自然的结果。而反过来看他自己在他一生的过程中却是很少得着同情的。不止如是，他还曾为他的一点理想的愚诚几次几乎不见容于社会。但是他却未曾为这个而鄙吝他给他人的同情心，他的性情，不曾为受了刺激而转变刻薄暴戾过，谁能不承认他几有超人的宽量。

志摩的最动人的特点，是他那不可信的纯净的天真，对他的理想的愚诚，对艺术欣赏的认真，体会情感的切实，全是难能可贵到极点。他站在雨中等虹，他甘冒社会的大不韪争他的恋爱自由；他坐曲折的火车到乡间去拜哈岱，他抛弃博士一类的引诱卷了书包到英国，只为要拜罗素做老师，他为了一种特异的境遇，一时特异的感动，从此在生命途中冒险，从此抛弃所有的旧业，只是尝试写几行新诗——这几年新诗尝试的运命并不太令人踊跃，冷嘲热骂只是家常便饭——他常能走几里路去采几茎花，费许多周折去看一个朋友说两句话；这些，还有许多，都不是我们寻常能够轻易了解的神秘。我说神秘，其实竟许是傻，是痴！事实上他只是比我们认真，虔诚到傻气，到痴！他愉快起来他的快乐的翅膀可以碰得到天，他忧伤起来，他的悲戚是深得没有底。寻常评价的衡量在他手里失了效用，利害轻重他自有他的看法，纯是艺术的情感的脱离寻常的原则，所以往常人们听到朋友们说到他总爱带着嗟叹的口吻说："那是志摩，你又有什么法子！"他真是个怪人么？朋友们不。一点都不是，他只是比我们近情，近理，比我们热诚，比我们天真，比我们对万物都更有信仰，对神，对人，对灵，对自然，对艺术！

朋友们，我们失掉的不止是一个朋友，一个诗人，我们丢掉的是极难得可爱的人格。

至于他的作品全是抒情的么？他的兴趣只限于情感么？更是不对。志摩的兴趣是极广泛的。就有几件，说起来，不认得他的人便要奇怪。他早年很爱数学，他始终极喜欢天文，他对天上星宿的名字和部位就认得很多，最喜暑夜观星，好几次他坐火车都是带着关于宇宙的科学的书。他曾经译过爱因斯坦的相对论，并且在一九二二年便写过一篇关于相对论的东西登在《民铎》杂志上。他常向思成说笑："任公先生的相对论的知识还是从我徐君志摩大作上得来的呢，因为他说他看过许多关于爱因斯坦的哲学都未曾看懂，看到志摩的那篇才懂了。"今夏我在香山养病，他常来闲谈，有一天谈到他幼年上学的经过和美国克莱克大学两年学经济学的景况，我们不禁对笑了半天，后来他在他的《猛虎集》的“序”里也说了那么一段。可是奇怪的！他不像许多天才，幼年里上学，不是不及格，便是被斥退，他是常得优等的，听说有一次康乃尔暑校里一个极严的经济教授还写了信去克莱克大学教授那里恭维他的学生，关于一门很难的功课。我不是为志摩在这里夸张，因为事实上只有为了这桩事，今夏志摩自己便笑得不亦乐乎！

此外，他的兴趣对于戏剧、绘画都极深浓，戏剧不用说，与诗文是那么接近，他领略绘画的天才也颇为可观，后期印象派的几个画家，他都有极精密的爱恶，对于文艺复兴时代那几位，他也很熟悉，他最爱鲍蒂切利和达文骞。自然他也常承认文人喜画常是间接地受了别人论文的影响，他的，就受了法兰（Roger Fry）和斐德（Walter Pater）的不少。对于建筑审美他常常对思成和我道歉说：“太对不起，我的建筑常识全是Ruskins那一套。”他知道我们是讨厌Ruskins的。但是为看一个古建的残址，一块石刻，他比任何人都热心，都更能静心领略。他喜欢色彩，虽然他自己不会作画，暑假里他曾从杭州给我几封信，他自己叫它们作“描写的水彩画”，他用英文极细致地写出西（边？）桑田的颜色，每一分嫩绿，每一色鹅黄，他都仔细地观察到。又有一次他望着我园里一带断墙半晌不语，过后他告诉我说，他正在默默体会，想要描写那墙上向晚的艳阳和刚刚入秋的藤萝。

对于音乐，中西的他都爱好，不止爱好，他那种热心便唤醒过北京一次——也许唯一的一次——对音乐的注意。谁也忘不了那一年，克拉斯拉到北京在“真光”拉一个多钟头的提琴。对旧剧他也得算“在行”，他最后在北京那几天我们曾接连地同去听好几出戏，回家时我们讨论的热闹，比任何剧评都诚恳都起劲。

谁相信这样的一个人，这样忠实于“生”的一个人，会这样早地永远地离开我们另投一个世界，永远地静寂下去，不再透些须声息！

我不敢再往下写，志摩若是有灵听到比他年轻许多的一个小朋友拿着老声老气的语调谈到他的为人不觉得不快么？这里我又来个极难堪的回忆，那一年他在这同一个的报纸上写了那篇伤我父亲惨故的文章，这梦幻似的人生转了几个弯，曾几何时，却轮到我在这风紧夜深里握吊他的惨变。这是什么人生？什么风涛？什么道路？志摩，你这最后的解脱未始不是幸福，不是聪明，我该当羡慕你才是。

心从此麻木，不再问世界有恋

陆小曼

我深信世界上怕没有可以描写得出我现在心中如何悲痛的一支笔，不要说我自己这支轻易也不能动的一支。可是除此我更无可以泄我满怀伤怨的心的机会了，我希望摩的灵魂也来帮我一帮，苍天给我这一霹雳直打得我满身麻木得连哭都哭不出，浑身只是一阵阵的麻木。几日的昏沉直到今天才醒过来，知道你是真的与我永别了。摩！漫说是你，就怕是苍天也不能知道我现在心中是如何的疼痛，如何的悲伤！从前听人说起“心痛”我老笑他们虚伪，我想人的心怎会觉得痛，这不过说说好听而已，谁知道我今天才真的尝着这一阵阵心中绞痛似的味儿了。你知道吗？曾记得当初我只要稍有不适即有你声声的在旁慰问，咳，如今我即使是痛死，也再没有你来低声下气的慰问了。摩，你是不是真的忍心永远的抛弃我了？你从前不是说你我最后的呼吸也须要连在一起才不负你我相爱之情吗？你为什么不早些告诉我是要飞去呢？直到如今我还是不信你真的是飞了，我还是在这儿天天盼着你回来陪我呢。你快点将未了的事办一下，来同我一同去到云外去优游去罢，你不要一个人在外逍遥，忘记了闺中还有我等着呢！

这不是做梦吗？生龙活虎似的你倒先我而去，留着一个病恹恹的我单独与这满是荆棘的前途来奋斗。志摩，这不是太惨了吗？我还留恋些什么？可是回头看看我那苍苍白发的老娘，我不由一阵阵只是心酸，也不敢再羡你的清闲爱你的优游了。我再哪有这勇气，去丢她这个垂死的人而与你双双飞进这云天里去围绕着灿烂的明星跳跃，忘却人间有忧愁有痛苦像只没有牵挂的梅花鸟。这类的清福怕我还没有缘去享受！我知道我在尘世间的罪还未满，尚有许多的痛苦与罪孽还等着我去忍受呢。我现在唯一的希望是你倘能在一个深沉的黑夜里，静静凄凄地放轻了脚步走到我的枕边，给我些无声的私语，让我在梦魂中知道你！我的大大是回家来探望你那忘不了你的爱来了，那时间，我决不张皇！你不要慌，没人会来惊扰我们的。多少你总得让我再见一见你那可爱的脸，我才有勇气往下过这寂寞的岁月。你来吧，摩！我在等着你呢。

事到如今我一点也不怨，怨谁好？恨谁好？你我五年的相聚只是幻影，不怪你忍心去，只怪我无福留；我是太薄命了，十年来受尽千般的精神痛苦，万样的心灵摧残，直将我这颗心打得破碎得不可收拾，今天才真变了死灰的了，也再不会发出怎样的光彩了。好在人生的刺激与柔情我也曾尝味，我也曾容忍过了。现在又受到了人生最可怕的死别。不死也不免是朵憔悴的花瓣，再见不着阳光晒也不见甘露漫了。从此我再不能知道世间有我的笑声了。

经过了许多的波折与艰难才达到了结合的日子，你我那时快乐直忘记了天有多高地有多厚，也忘记了世界上有“忧愁”二字，快活的日子过得与飞一般快，谁知道不久我们又走进忧城。病魔不断地来缠着我。它带着一切的烦恼，许多的痛苦，那时间我身体上受到了不可言语的沉痛，你精神上也无端的沉入忧闷。我知道你见我病身呻吟，转侧床笫，你心坎里有说不出的怜惜，满肠中有无限的伤感。你曾慰我，我却无从使你再有安逸的日子。摩，你为我荒废了你的诗意，失却了你的文兴，受着一般人的笑骂，我也只是在旁默然自恨，再没有法子使你像从前的欢笑。谁知你不顾一切的还是成天的安慰我，叫我不要因为生些病就看得前途只是黑暗，有你永远在我身边不要再怕一切无谓的闲论。我就听着你静心平气的养，只盼着天可怜我们几年的奋斗，给我们一个安逸的将来。谁知道如今一切都是幻影，我们的梦再也不能实现了，早知有今日，何必当初你用尽心血地将我抚养呢？让我前年病死了，不是痛快得多吗？你常说天无绝人之路，守着好了，哪知天竟绝人如此，哪里还有我平坦走着的道儿？这不是命吗？还说什么？摩，不是我到今天还在怨你，你爱我，你不该轻身，我为你坐飞机吵闹不知几次，你还是忘了我的一切的叮咛，瞒着我独自地飞上天去了。

完了，完了，从此我再也听不到你那叽咕小语了，我心里的悲痛你知道吗？我的破碎的心留着你来补呢，你知道吗？唉，你的灵魂也有时归来见我吗？那天晚上我在朦胧中见着你往我身边跑，只是那一霎眼的就不见了，等我跳着、叫着你，也再不见一些模糊的影子了。咳，你叫我从此怎样度此孤单的日月呢？真是叫天天不应，叫地地不响，苍天如何给我这样残酷的刑罚呢！从此我再不信有天道，有人心；我恨这世界，我恨天，恨地，我一切都恨。我恨他们为什么抢了我的你去，生生的将我们两颗碰在一起的心离了开去，从此叫我无处去摸我那一半热血未干的心。你看，我这一半还是不断地流着鲜红的血，流得满身只成了个血人。这伤痕除了那一半的心血来补，还有什么法子不叫它不滴滴的直流呢？痛死了有谁知道？终有一天流完了血自己就枯萎了。若是有时候你清风一阵的吹回来，见着我成天为你滴血的一颗心，不知道又要如何的怜惜、如何的张皇呢。我知道你又看着两个小猫似眼珠儿乱叫乱叫着。我希望你叫高声些，让我好听得见，你知道我现在只是一阵阵糊涂，有时人家大声地叫着我，我还是东张西望不知声音是何处来的呢。大大，若是我正在接近着梦边，你也不要怕扰了我的梦魂，像平常似的不敢惊动我，你知道我再不会骂你了，就是你扰我不睡，我也不敢再怨了，因为我只要再能得到你一次的扰，我就可以责问他们因何骗我说你不再回来，让他们看着我的摩还是丢不了我，乖乖的又回来陪伴着我了。这一回我可一定紧紧的搂抱你，再不能叫你飞出我的怀抱了。天呀！可怜我，再让你回来一次吧！我没有得罪你，为什么罚我呢？摩！我这儿叫你呢，我喉咙里叫得直要冒血了，你难道还没有听见么？直叫到铁树开花、枯木发声我还是忍心等着，你一天不回来，我一天的叫，等着我哪天没有了气我才甘心地丢开这唯一的希望。

你这一走不单是碎了我的心，也收了不少朋友伤感的痛泪。这一下真使人们感觉到人世的可怕、世道的险恶，没有多少日子竟会将一个最纯白、最天真不可多见的人收了去，与人世永诀。在你也许到了天堂，在那儿还一样过你的欢乐的日子，可是你将我从此就断送了。你以前不是说要我清风似的常在你的左右吗？好，现在倒是你先化着一阵清风飞去天边了。我盼你有时也吹回来帮着我做些未了的事，只要你有耐心的话，最好是等着我将人世的事办完了同着你一同化风飞去，让朋友们永远只听见我们的风声而不见我们的人影，在黑暗里我们好永远逍遥自在的飞舞。

我真不明白你我在佛经上是怎样一种因果，既有缘相聚又因何中途分散，难道说这也有一定的定数吗？记得我在北平的时候，那时还没有认识你，我是成天的过着那忍泪假笑的生活。我对人老含着一片至诚纯白的心而结果反遭不少人的讥诮，竟可以说没有一个人能明白我，能看透我的。一个人遭着不可语的痛苦，当然地不由生出厌世之心，所以我一天天地只是藏起了我的真实的心，而拿一个虚伪的心来对付这混浊的社会，也不再希望有人来能真真的认识我、明白我，甘心愿意从此自相摧残的怏怏了此残生，谁知道就在那时候会遇见了你，真如同在黑暗里见着了一线光明，遂死的人又兑了一口气，生命从此转了一个方向。摩摩，你的明白我，真算是透彻极了，你好像是成天钻在我的心房里似的，直到现在还只是你一个人是真还懂得我的。我记得我每遭人辱骂的时候你老是百般的安慰我，使我不得不对你生出一种不可言喻的感觉。我老说，有你，我还怕谁骂；你也常说，只要我明白你，你的人是我一个人的，你又为什么要去顾虑别人的批评呢？所以我哪怕成天受着病魔的缠绕也再不敢有所怨恨的了。我只是对你满心的歉意，因为我们理想中的生活全被我的病

魔来打破，连累着你成天也过那愁闷的日子。可是两年来我从来未见你有一些怨恨，也不见你因此对我稍有冷淡之意。也难怪文伯要说，你对我的爱是“come and true”的了。我只怨我真是无以对你，这，我只好报之于将来了。

我现在不顾一切往着这满是荆棘的道路上走去，去寻一点真实的发展，你不是常怨我跟你几年没有受着一些你的诗意的陶熔么？我也实在惭愧，真也辜负你一片至诚的心了，我本来一百个放心，以为有你永久在我身边，还怕将来没有一个成功么？谁知现在我只得独自奋斗，再不能得你一些相助了，可是我若能单独撞出一条光明的大路也不负你爱我的心了，愿你的灵魂在冥冥中给我一点勇气，让我在这生命的道上不感受到孤立的恐慌。我现在很决心的答应你从此再不张着眼睛做梦，躺在床上乱讲，病魔也得最后与它决斗一下，不是它生便是我倒，我一定做一个你一向希望我所能成的一种人。我决心做人，我决心做一点认真的事业，虽然我头顶只见乌云，地下满是黑影，可是我还记得你常说“受苦的人没有悲观的权力”。一个人决不能让悲观的慢性病侵蚀人的精神，让厌世的恶质染黑人的血液。我此后决不再病（你非暗中保护不可），我只叫我的心从此麻木，不再问世界有恋情，人们有欢娱。我早打发我的心，我的灵魂去追随你的左右，像一朵水莲花拥扶着你往白云深处去缭绕，决不回头偷看尘间的作为，留下我的躯壳同生命来奋斗。到战胜的那一天，我盼你带着悠悠的乐声从一团彩云里脚踏莲花瓣来接我同去永久的相守，过吾们理想中的岁月。

一转眼，你已经离开了我一个多月了，在这段时间我也不知

道是怎样过来的，朋友们跑来安慰我，我也不知道是说甚么好。虽然决心不生病，谁知（它）一直到现在也没有离开过我一天。摩摩，我虽然下了天大的决心，想与你争一口气，可是叫我怎生受得了每天每时悲念你的一阵阵心肺的绞痛。到现在有时想哭，眼泪干得流不出一点；要叫，喉中疼得不出声。虽然他们成天的逼我喝一碗碗的苦水，也难以补得我心头的悲痛，怕的是我恹恹的病体再受不了那岁月的摧残。我的爱，你叫我怎样忍受没有你在我身边的孤单？你那幽默的灵魂为什么这些日子也不给我一些声响？我晚间有时也叫了他们走开，房间不让有一点声音，盼你在人静时给我一些声响，叫我知道你的灵魂是常常环绕着我，也好叫我在茫茫前途感觉到一点生趣，不然怕死也难以支持下去了。摩！大大！求你显一显灵吧，你难道忍心真的从此不再同我说一句话了吗？不要这样的苛酷了吧！你看，我这孤单一人影从此怎样去撞这艰难的世界？难道你看了不心痛么？你爱我的心还存在么？你为什么不响？大！你真的不响了么？

这是她的最后，绝不是她的结局

巴金

一

今天是萧珊逝世的六周年纪念日。六年前的光景还非常鲜明地出现在我的眼前。那一天我从火葬场回到家中，一切都是乱糟糟的，过了两三天我渐渐地安静下来了，一个人坐在书桌前，想写一篇纪念她的文章。在五十年前我就有了这样一种习惯：有感情无处倾吐时我经常求助于纸笔。可是一九七二年八月里那几天，我每天坐三四个小时望着面前摊开的稿纸，却写不出一句话。我痛苦地想，难道给关了几年的“牛棚”，真的就变成“牛”了？头上仿佛压了一块大石头，思想好像冻结了一样。我索性放下笔，什么也不写了。

六年过去了。林彪、“四人帮”及其爪牙们的确把我搞得很“狼狈”，但我还是活下来了，而且偏偏活得比较健康，脑子也并不糊涂，有时还可以写一两篇文章。最近我经常去火葬场，参加老朋友们的骨灰安放仪式。在大厅里，我想起许多事情。同样地奏着哀乐，我的思想却从挤满了人的大厅转到只有二三十个

人的中厅里去了，我们正在用哭声向萧珊的遗体告别。我记起了《家》里面觉新说过的一句话：“好像珏死了，也是一个不祥的鬼。”四十七年前我写这句话的时候，怎么想得到我是在写自己！我没有流眼泪，可是我觉得有无数锋利的指甲在搔我的心。我站在死者遗体旁边，望着那张惨白色的脸，那两片咽下千言万语的嘴唇，我咬紧牙齿，在心里唤着死者的名字。我想，我比她大十三岁，为什么不让我先死？我想，这是多不公平！她究竟犯了什么罪？她也给关进“牛棚”，挂上“牛鬼蛇神”的小纸牌，还扫过马路。究竟为什么？理由很简单，她是我的妻子。她患了病，得不到治疗，也因为她是我的妻子。想尽办法一直到逝世前三个星期，靠开后门她才住进医院。但是癌细胞已经扩散，肠癌变成了肝癌。

她不想死，她要活，她愿意改造思想，她愿意看到社会主义建成。这个愿望总不能说是痴心妄想吧。她本来可以活下去，倘使她不是“黑老K”的“臭婆娘”。一句话，是我连累了她，是我害了她。

在我靠边的几年中间，我所受到的精神折磨她也同样受到。但是我并未挨过打，她却挨了“北京来的红卫兵”的铜头皮带，留在她左眼上的黑圈好几天后才褪尽。她挨打只是为了保护我，她看见那些年轻人深夜闯进来，害怕他们把我揪走，便溜出大门，到对面派出所去，请民警同志出来干预。

那里只有一个人值班，不敢管。当着民警的面，她被他们用

铜头皮带狠狠抽了一下，给押了回来，同我一起关在马桶间里。

她不仅分担了我的痛苦，还给了我不少的安慰和鼓励。在“四害”横行的时候，我在原单位（中国作家协会上海分会）给人当作“罪人”和“贼民”看待，日子十分难过，有时到晚上九、十点钟才能回家。我进了门看到她的面容，满脑子的乌云都消散了。我有什么委屈、牢骚，都可以向她尽情倾吐。有一个时期我和她每晚临睡前要服两粒眠尔通才能够闭眼，可是天刚刚发白就都醒了。我唤她，她也唤我。我诉苦般地说：“日子难过啊！”她也用同样的声音回答：“日子难过啊！”但是她马上加一句：“要坚持下去。”或者再加一句：“坚持就是胜利。”我说“日子难过”，因为在那一段时间里，我每天在“牛棚”里面劳动、学习、写交代、写检查、写思想汇报。任何人都可以责骂我、教训我、指挥我。从外地到“作协分会”来“串联”的人可以随意点名叫我出去“示众”，还要自报罪行。上下班不限时间，由管理“牛棚”的“监

督组”随意决定。任何人都可以闯进我家里来，高兴拿什么就拿走什么。这个时候大规模的群众性批斗和电视批斗大会还没有开始，但已经越来越逼近了。

她说“日子难过”，因为她给两次揪到机关，靠边劳动，后来也常常参加陪斗。在淮海中路“大批判专栏”上张贴着批判我的罪行的大字报，我一家人的名字都给写出来“示众”，不用说“臭婆娘”的大名占着显著的地位。这些文字像虫子一样咬痛她的心。她让上海戏剧学院“狂妄派”学生突然袭击、揪到“作协分会”去的时候，在我家大门上还贴了一张揭露她的所谓罪行的大

字报。幸好当天夜里我儿子把它撕毁。否则这一张大字报就会要了她的命！

人们的白眼，人们的冷嘲热骂蚕蚀着她的身心。我看出来她的健康逐渐遭到损害。表面上的平静是虚假的。内心的痛苦像一锅煮沸的水，她怎么能遮盖住！怎样能使它平静！她不断地给我安慰，对我表示信任，替我感到不平。然而她看到我的问题一天天地变得严重，上面对我的压力一天天地增加，她又非常担心。有时同我一起上班或者下班，走进巨鹿路口，快到“作协分会”，或者走进南湖路口，快到我们家，她总是抬不起头。我理解她，

同情她，也非常担心她经受不起沉重的打击。我记得有一天到了平常下班的时间，我们没有受到留难，回到家里她比较高兴，到厨房去烧菜。我翻看当天的报纸，在第三版上看到当时做了“作协分会”的“头头”的两个工人作家写的文章《彻底揭露巴金的反革命真面》。真是当头一棒！我看了两三行，连忙把报纸藏起来，我害怕让她看见。她端着烧好的菜出来，脸上还带笑容，吃饭时她有说有笑。饭后她要看报，我企图把她的注意力引到别处。但是没有用，她找到了报纸。她的笑容一下子完全消失。

这一夜她再没有讲话，早早地进了房间。我后来发现她躺在床上小声哭着。一个安静的夜晚给破坏了。今天回想当时的情景，她那张满是泪痕的脸还在我的眼前。我多么愿意让她的泪痕消失，笑容在她憔悴的脸上重现，即使减少我几年的生命来换取我们家庭生活中一个宁静的夜晚，我也心甘情愿！

二

我听周信芳同志的媳妇说，周的夫人在逝世前经常被打手们拉出去当作皮球推来推去，打得遍体鳞伤。有人劝她躲开，她说：“我躲开，他们就要这样对付周先生了。”萧珊并未受到这种新式体罚。可是她在精神上给别人当皮球打来打去。她也有这样的想法：她多受一点精神折磨，可以减轻对我的压力。其实这是她一片痴心，结果只苦了她自己。我看见她一天天地憔悴下去，我看见她的生命之火逐渐熄灭，我多么痛心。我劝她，我安慰她，我想拉住她，一点也没有用。

她常常问我：“你的问题什么时候才解决呢？”我苦笑说：“总

有一天会解决的。”她叹口气说：“我恐怕等不到那个时候了。”后来她病倒了，有人劝她打电话找我回家，她不知从哪里得来的消息，她说：“他在写检查，不要打岔他。他的问题大概可以解决了。”等到我从五·七干校回家休假，她已经不能起床。她还问我检查写得怎样，问题是否可以解决。我当时的确在写检查，而且已经写了好几次了。他们要我写，只是为了消耗我的生命。但她怎么能理解呢？

这时离她逝世不过两个多月，癌细胞已经扩散，可是我们不知道，想找医生给她认真检查一次，也毫无办法。平日去医院挂号看门诊，等了许久才见到医生或者实习医生，随便给开个药方就算解决问题。只有在发烧到摄氏三十九度才有资格挂急诊号，或者还可以在病人拥挤的观察室里待上一天半天。当时去医院看病找交通工具也很困难，常常是我女婿借了自行车来，让她坐在车上，他慢慢地推着走。有一次她雇到小三轮车去看病，看好门诊回家雇不到车了，只好同陪她看病的朋友一起慢慢地走回来，走走停停，走到街口，她快要倒下了，只得请求行人到我们家通知，她一个表侄正好来探病，就由他去把她背了回家。她希望拍一张X光片子查一查肠子有什么病，但是办不到。后来靠了她一位亲戚帮忙开后门两次拍片，才查出她患肠癌。以后又靠朋友设法开后门住进了医院。她自己还很高兴，以为得救了。只有她一个人不知道真实的病情，她在医院里只活了三个星期。

我休假回家假期满了，我又请过两次假，留在家里照料病人。最多也不到一个月。我看见她病情日趋严重，实在不愿意把她丢开不管，我要求延长假期的时候，我们那个单位的一个“工宣队”头头逼着我第二天就回干校去。我回到家里，她问起来，我无法隐瞒。她叹了口气，说：“你放心去吧。”她把脸掉过去，不让我看见她。我女儿、女婿看到这种情景，自告奋勇地跑到巨鹿路向那位“工宣队”头头解释，希望同意我在市区多留些日子照料病人。可是那个头头“执法如山”，还说：他不是医生，留在家里，有什么用！“留在家里对他改造不利！”他们气愤地回到家中，只说机关不同意，后来才对我传达了这句“名言”。我还能讲什么呢？明天回干校去！

整个晚上她睡不好，我更睡不好。出乎意外，第二天一早我那个插队落户的儿子在我们房间里出现了，他是昨天半夜里到的。他得了家信，请假回家看母亲，却没有想到母亲病成这样。我见了他一面，把他母亲交给他，就回干校去了。

在车上我的情绪很不好。我实在想不通为什么会有这样的事情。我在干校待了五天，无法同家里通消息。我已经猜到她的病不轻了。可是人们不让我过问她的事情。这五天是多么难熬的日子！到第五天晚上在干校的“造反派”头头通知我们全体第二天一早回市区开会。这样我才又回到了家，见到了我的爱人。靠了朋友帮忙，她可以住进中山医院肝癌病房，一切都准备好，她第二天就要住院了。她多么希望住院前见我一面，我终于回来了。连我也没有想到她的病情发展得这么快。我们见了面，我一句话也讲不出来。她说了一句：“我到底住院了。”我答说：“你安心治疗吧。”她父亲也来看她，老人家双目失明，去医院探病有困难，可能是来同他的女儿告别了。

我吃过中饭，就去参加给别人戴上“反革命”帽子的大会，受批判、戴帽子的不止一个，其中有一个我的熟人王若望同志，他过去也是作家，不过比我年轻。我们一起在“牛棚”里关过一个时期，他的罪名是“摘帽右派”。他不服，不听话，他贴出大字报，声明“自己解放自己”，因此罪名越搞越大，给提去关了一个时期还不算，还戴上了“反革命”的帽子监督劳动。

在会场里我一直像在做怪梦。开完会回家，见到萧珊我感到格外亲切，仿佛重回人间，可是她不舒服，不想讲话，偶尔讲一句半句。我还记得她讲了两次：“我看不到了。”我连声问她看不到什么？她后来才说：“看不到你解放了。”我还能再讲什么呢？

我儿子在旁边，垂头丧气，精神不好，晚饭只吃了半碗，像是患感冒。她忽然指着他小声说：“他怎么办呢？”他当时在安徽山区已经待了三年半，政治上没有人管，生活上不能养活自己，而且因为是我的儿子，给剥夺了好些公民权利。他先学会沉默，后来又学会抽烟。我怀着内疚的心情看看他，我后悔当初不该写小说，更不该生儿育女。我还记得前两年在痛苦难熬的时候她对我说：“孩子们说爸爸做了坏事，害了我们大家。”这好像用刀子在割我身上的肉。我没有出声，我把泪水全吞在肚里。她睡了一觉醒过来忽然问我：“你明天不去了？”我说：“不去了。”就是那个“工宣队”头头今天通知我不用再去干校就留在市区。他还问我：“你知道萧珊是什么病？”我答说：“知道。”其实家里瞒住我，不给我知道真相，我还是从他这句问话里猜到的。

三

第二天早晨她动身去医院，一个朋友和我女儿、女婿陪她去。她穿好衣服等候车来。她显得急躁，又有些留恋，东张张西望望，她也许在想是不是能再看到这里的一切。我送走她，心上反而加了一块大石头。

将近二十天里，我每天去医院陪伴她大半天。我照料她，我坐在病床前守着她，同她短短地谈几句话。她的病情恶化，一天天衰弱下去，肚子却一天天大起来，行动越来越不方便。

当时病房里没有人照料，生活方面除饭食外一切都必须自理。

后来听同病房的人称赞她“坚强”，说她每天早晚都默默地挣扎着下了床，走到厕所。医生对我们谈起，病人的身体经不住手术，最怕的是她肠子堵塞，要是不堵塞，还可以拖延一个时期。她住院后的半个月是一九六六年八月以来我既感痛苦又感到幸福的一段时间，是我和她在一起渡过的最后的平静的时刻，我今天还不能将它忘记。但是半个月以后，她的病情有了发展，一天吃中饭的时候，医生通知我儿子找我去谈话。他告诉我：病人的肠子给堵住了，必须开刀。开刀不一定有把握，也许中途出毛病。但是不开刀，后果更不堪设想。他要我决定，并且要我劝她同意。我做了决定，就去病房对她解释。我讲完话，她只说了一句：“看来，我们要分别了。”她望着我，眼睛里全是泪水。我说：“不会的……”我的声音哑了。接着护士长来安慰她，对她说：“我陪你，不要紧的。”她回答：“你陪我就好。”时间很紧迫，医生、护士们很快作好准备，她给送进手术室去了，是她表侄把她推到手术室门口的，我们就在外面走廊上等了好几个小时，等到她平安地给送出来，由儿子把她推回到病房去。儿子还在她身边守过一个夜晚。过两天他也病倒了，查出来他患肝炎，是从安徽农村带回来的。本来我们想瞒住他的母亲，可是无意间让他母亲知道了。她不断地问："儿子怎么样？"我自己也不知道儿子怎么样，我怎么能使她放心呢？晚上回到家，走进空空的、静静的房间，我几乎要叫出声来："一切都朝我的头打下来吧，让所有的灾祸都来吧。我受得住！"我应当感谢那位热心而又善良的护士长，她同情我的处境，要我把儿子的事情完全交给她办。她作好安排，陪他看病、检查，让他很快住进别处的隔离病房，得到及时的治疗和护理。他在隔离房里苦苦地等候母亲病情的好转。母亲躺在病床上，只能有气无力地说几句短短的话，她经常问："棠棠怎么样？"从她那双含泪的眼睛里我明白她多么想看见她最爱的儿子。但是她已经没有精力多想了。

她每天给输血，打盐水针。她看见我去就断断续续地问我："输多少西西的血？该怎么办？"我安慰她："你只管放心。没有问题，治病要紧。"她不止一次地说："你辛苦了。"我有什么苦呢？我能够为我最亲爱的人做事情，哪怕做一件小事，我也高兴！后来她的身体更不行了。医生给她输氧气，鼻子里整天插着管子。她几次要求拿开，这说明她感到难受，但是听了我们的劝告，她终于忍受下去了。开刀以后她只活了五天。谁也想不到她会去得这么快！五天中间我整天守在病床前，默默地望着她在受苦（我是设身处地感觉到这样的），可是她除了两三次要求搬开床前巨大的氧气筒，三四次表示担心输血较多付不出医药费之外，并没有抱怨过什么。见到熟人她常有这样一种表情：请原谅我麻烦了你们。她非常安静，但并未昏睡，始终睁大两只眼睛。眼睛很大，很美，很亮。我望着。望着，好像在望快要燃尽的烛火。我多么想让这对眼睛永远亮下去！我多么害怕她离开我！我甚至愿意为我那十四卷“邪书”受到千刀万剐，只求她能安静地活下去。

不久前我重读梅林写的《马克思传》，书中引用了马克思给女儿的信里的一段话，讲到马克思夫人的死。信上说：“她很快就咽了气。……这个病具有一种逐渐虚脱的性质，就像由于衰老所致一样。甚至在最后几小时也没有临终的挣扎，而是慢慢地沉入睡乡。她的眼睛比任何时候都更大、更美、更亮！”这段话我记得很清楚。马克思夫人也死于癌症。我默默地望着萧珊那对很大、很美、很亮的眼睛，我想起这段话，稍微得到一点安慰。听说她的确也“没有临终的挣扎”，也是“慢慢地沉入睡乡”。我这样说，因为她离开这个世界的时候，我不在她的身边。那天是星期天，卫生防疫站因为我们家发现了肝炎病人，派人上午来做消毒工作。她的表妹有空愿意到医院去照料她，讲好我们吃过中饭就去接替。没有想到我们刚刚端起饭碗，就得到传呼电话，通知我女儿去医院，说是她妈妈“不行”了。真是晴天霹雳！我和我女儿、女婿赶到医院。她那张病床上连床垫也给拿走了。别人告诉我她在太平间。我们又下了楼赶到那里，在门口遇见表妹。还是她找人帮忙把“咽了气”的病人抬进来的。死者还不曾给放进铁匣子里送进冷库，她躺在担架上，但已经白布床单包得紧紧的，看不到面容了。我只看到她的名字。我弯下身子，把地上那个还有点人形的白布包拍了好几下，一面哭唤着她的名字。不过几分钟的时间，这算是什么告别呢？

据表妹说，她逝世的时刻，表妹也不知道。她曾经对表妹说：“找医生来。”医生来过，并没有什么。后来她就渐渐地“沉入睡乡”。表妹还以为她在睡眠。一个护士来打针，才发觉她的心脏已经停止跳动了。我没有能同她诀别，我有许多话没有能向她倾吐，她不能没有留下一句遗言就离开我！我后来常常想，她对表妹说：“找医生来”。很可能不是“找医生”，是“找李先生”（她平日这样称呼我）。为什么那天上午偏偏我不在病房呢？家里人都不在她身边，她死得这样凄凉！

我女婿马上打电话给我们仅有的几个亲戚。她的弟媳赶到医院，马上晕了过去。三天以后在龙华火葬场举行告别仪式。她的朋友一个也没有来，因为一则我们没有通知，二则我是一个审查了将近七年的对象。没有悼词，没有吊客，只有一片伤心的哭声。我衷心感谢前来参加仪式的少数亲友和特地来帮忙的我女儿的两三个同学，最后，我跟她的遗体告别，女儿望着遗容哀哭，儿子在隔离房还不知道把他当作命根子的妈妈已经死亡。值得提说的是她当作自己儿子照顾了好些年的一位亡友的男孩从北京赶来，只为了见她最后一面。这个整天同钢铁打交道的技术员，他的心倒不像钢铁那样。他得到电报以后，他爱人对他说：“你去吧，你不去一趟，你的心永远安定不了。”我在变了形的她的遗体旁边站了一会。别人给我和她照了相。我痛苦地想：这是最后一次了，即使给我们留下来很难看的形象，我也要珍视这个镜头。

一切都结束了。过了几天我和女儿、女婿到火葬场，领到了她的骨灰盒。在存放室寄存了三年之后，我按期把骨灰盒接回家里。有人劝我把她的骨灰安葬，我宁愿让骨灰盒放在我的寝室里，我感到她仍然和我在一起。

四

梦魇一般的日子终于过去了。六年仿佛一瞬间似的远远地落在后面了。其实哪里是一瞬间！这段时间里有多少流着血和泪的日子啊。不仅是六年，从我开始写这篇短文到现在又过去了半年，半年中我经常在火葬场的大厅里默哀，行礼，为了纪念给“四人帮”迫害致死的朋友。想到他们不能把个人的智慧和才华献给社会主义祖国，我万分惋惜。每次戴上黑纱、插上纸花的同时，我也想起我自己最亲爱的朋友，一个普通的文艺爱好者，一个成绩不大的翻译工作者，一个心地善良的人。她是我生命的一部分，她的骨灰里有我的泪和血。

她是我的一个读者。一九三六年我在上海第一次同她见面。一九三八年和一九四一年我们两次在桂林像朋友似的住在一起。一九四四年我们在贵阳结婚。我认识她的时候，她还不到二十，对她的成长我应当负很大的责任。她读了我的小说，给我写信，后来见到了我，对我发生了感情。她在中学念书，看见我以前，因为参加学生运动被学校开除，回到家乡住了一个短时期，又出来进另一所学校。倘使不是为了我，她三七、三八年一定去了延安。她同我谈了八年的恋爱，后来到贵阳旅行结婚，只印发了一个通知，没有摆过一桌酒席。从贵阳我和她先后到了重庆，住在民国路文化生活出版社门市部楼梯下七八个平方米的小屋里。她托人买了四只玻璃杯开始组织我们的小家庭。她陪着我经历了各种艰苦生活。

在抗日战争紧张的时期，我们一起在日军进城以前十多个小时逃离广州，我们从广东到广西，从昆明到桂林，从金华到温州，我们分散了，又重见，相见后又别离。在我那两册《旅途通讯》中就有一部分这种生活的记录。四十年前有一位朋友批评我："这算什么文章！"我的《文集》出版后，另一位朋友认为我不应当把它们也收进去。他们都有道理。两年来我对朋友、对读者讲过不止一次，我决定不让《文集》重版。但是为我自己，我要经常翻看那两小册《通讯》。在那些年代，每当我落在困苦的境地里、朋友们各奔前程的时候，她总是亲切地在我耳边说："不要难过，我不会离开你，我在你的身边。"的确，只有她最后一次进手术室之前她才说过这样一句："我们要分别了。"

我同她一起生活了三十多年。但是我并没有好好地帮助过她。她比我有才华，却缺乏刻苦钻研的精神。我很喜欢她翻译的普希金和屠格涅夫的小说。虽然译文并不恰当，也不是普希金和屠格涅夫的风格，它们却是有创造性的文学作品，阅读它们对我是一种享受。她想改变自己的生活，不愿作家庭妇女，却又缺少吃苦耐劳的勇气。她听一个朋友的劝告，得到后来也是给"四人帮"迫害致死的叶以群同志的同意，到《上海文学》"义务劳动"，也做了一点点工作，然而在运动中却受到批判，说她专门向老作家组稿，又说她是我派去的"坐探"。她为了改造思想，想走捷径，要求参加"四清"运动，找人推荐到某铜厂的工作组工作，工作相当忙碌、紧张，她却精神愉快。但是到我快要靠边的时候，她也被叫回“作协分会”参加运动。她第一次参加这种急风暴雨般的斗争，而且是以反动权威家属的身份参加，她不知道该怎么办才好。她张皇失措，坐立不安，替我担心，又为儿女们的前途忧虑。她盼望什么人向她伸出援助的手，可是朋友们离开了她，“同事们”拿她当作箭靶，还有人想通过整她来整我。她不是“作协分会”或者刊物的正式工作人员，可是仍然被“勒令”靠边劳动、站队挂牌，放回家以后，又给揪到机关。她怕人看见，每天大清早起来，拿着扫帚出门，扫得精疲力尽，才回到家里，关上大门，吐了一口气。但有时她还碰到上学去的小孩，对她叫骂“巴金的臭婆娘”。我偶尔看见她拿着扫帚回来，不敢正眼看她，我感到负罪的心情，这是对她的一个致命的打击。不到两个月，她病倒了，以后就没有再出去扫街（我妹妹继续扫了一个时期），但是也没有完全恢复健康。尽管她还继续拖了四年，但一直到死她并不曾看到我恢复自由。

这就是她的最后，然而绝不是她的结局。她的结局将和我的结局连在一起。

我绝不悲观。我要争取多活。我要为我们社会主义祖国工作到生命的最后一息。在我丧失工作能力的时候，我希望病榻上有萧珊翻译的那几本小说。等到我永远闭上眼睛，就让我的骨灰同她的搀和在一起。

她那么看过我

老舍

人是为明天活着的，因为记忆中有朝阳晓露；假若过去的早晨都似地狱那么黑暗丑恶，盼明天干吗呢？是的，记忆中也有痛苦危险，可是希望会把过去的恐怖裹上一层糖衣，像看着一出悲剧似的，苦中有些甜美。无论怎么说吧，过去的一切都不可移动；实在，所以可靠；明天的渺茫全仗昨天的实在撑持着，新梦是旧事的拆洗缝补。

对了，我记得她的眼。她死了许多年了，她的眼还活着，在我的心里。这对眼睛替我看守着爱情。当我忙得忘了许多事，甚至于忘了她，这两只眼会忽然在一朵云中，或一汪水里，或一瓣花上，或一线光中，轻轻的一闪，像归燕的翅儿，只须一闪，我便感到无限的春光。我立刻就回到那梦境中，哪一件小事都凄凉，甜美，如同独自在春月下踏着落花。

这双眼所引起的一点爱火，只是极纯的一个小火苗，像心中的一点晚霞：晚霞的结晶。它可以烧明了流水远山，照明了春花秋叶，给海浪一些金光，可是它恰好的也能在我心中，照明了我的泪珠。

它们只有两个神情：一个是凝视，极短极快，可是千真万确的是凝视。只微微的一看，就看到我的灵魂，把一切都无声地告诉了给我。凝视，一点也不错，我知道她只须极短极快地一看，看的动作过去了，极快地过去了，可是，她心里看着我呢，不定看多么久呢；我到底得管这叫作凝视，不论它是多么快，多么短。一切的诗文都用不着，这一眼道尽了“爱”所会说的与所会作的。另一个是眼珠横着一移动，由微笑移动到微笑里去，在处女的尊严中笑出一点点被爱逗出的轻优，由热情中笑出一点点无法抑止的高兴。

我没和她说过一句话，没握过一次手，见面连点头都不点。可是我的一切，她知道；她的一切，我知道。我们用不着看彼此的服装，用不着打听彼此的身世，我们一眼看到一粒珍珠，藏在彼此的心里；这一点点便是我们的一切，那些七零八碎的东西都是配搭，都无须注意。看我一眼，她低着头轻快地走过去，把一点微笑留在她身后的空气中，像太阳落后还留下一些明霞。

我们彼此躲避着，同时彼此愿马上搂抱在一处。我们轻轻地哀叹；忽然遇见了，那么凝视一下，登时欢喜起来，身上像减了分量，每一步都走得轻快有力，像要跳起来的样子。

我们极愿意说一句话，可是我们很怕交谈，说什么呢？哪一个日常的俗字能道出我们的心事呢？让我们不开口，永不开口吧！我们的对视与微笑是永生的，是完全的，其余的一切都是破碎微弱，不值得一作的。

我们分离有许多年了，她还是那么秀美，那么多情，在我的心里。她将永远不老，永远只向我一个人微笑。在我的梦中，我常常看见她，一个甜美的梦是最真实，最纯洁，最完美的。多少人生中的小困苦小折磨使我丧气，使我轻看生命。可是，那个微笑与眼神忽然的从哪儿飞来，我想起惟有“人面桃花相映红”差可比拟的一点心情与境界，我忘了困苦，我不再丧气，我恢复了青春；无疑的，我在她的洁白的梦中，必定还是个美少年呀。

春在燕的翅上，把春光颤得更明了一些，同样，我的青春在她的眼里，永远使我的血温暖，像土中的一颗籽粒，永远想发出一个小小的绿芽。一粒小豆那么小的一点爱情，眼珠一移，嘴唇一动，日月都没有了作用，到无论什么时候，我们总是一对刚开开的春花。

不要再说什么，不要再说什么！我的烦恼也是香甜的呀，因为她那么看过我。

爱人，我的失眠让你落泪

郁达夫

爱人，我的失眠让你落泪，这些泪水竟然落到了我们的故事里，让我胆战心惊，让我惶恐不安，让我在最深的夜晚，那些迷蒙的知觉中苟延残喘，只有孤灯和网络数字搀扶我飘荡的灵魂，那些灵魂是你的，那些灵魂是很久以前就被你完全收走，完全放进你飘来飘去的行囊，轻轻淡淡地码放在一个角落，却无人造访。

爱人，泪水是关于失眠的所有情节的。我很幸运地无辜，因为我已经让你美好的胡搅抓住，被你调皮的蛮缠无限扩大，从你乱梦中醒来的孤单将这种扩展铺满了整个天空。所以我是万恶，我这时的一举一动都渲染了让你厌恶的色彩，你应该知道这是多么的不准确。

爱人，没有什么大不了的事。不就是失眠么，不就是睡觉么，不就是作息时间问题么。你要知道，在你之前很久我就被岁月一下一下锻造成这种德行，岁月伸出一只肥厚的手掌把玩我的倦意，让我黑白颠倒，昼伏夜出，已经十年了。一天一夜是改不过来的。

所以你的哭泣虽然美丽，但是虚幻，虽然忧伤，但是带有真正的喜剧色彩。我们都在一起了，很多事情我们都过来了，还怕这个么？我对你的迷恋穿梭在这广袤的夜空，你的梦如轻纱，缓缓掠过我满布皱纹的额头。体温隔着房间相互交融，你在均匀地呼吸，我在寂静中劳作。爱人，这就是幸福。

除了孩子，你心里只有我

朱自清

谦，日子真快，一眨眼你已经死了三个年头了。这三年里世事不知变化了多少回，但你未必注意这些个，我知道。你第一惦记的是你几个孩子，第二便轮着我。孩子和我平分你的世界，

你在日如此；你死后若还有知，想来还如此的。告诉你，我夏天回家来着：迈儿长得结实极了，比我高一个头。闰儿父亲说是最乖，可是没有先前胖了。采芷和转子都好。五儿全家夸她长得好看；却在腿上生了湿疮，整天坐在竹床上不能下来，看了怪可怜的。六儿，我怎么说好，你明白，你临终时也和母亲谈过，这孩子是只可以养着玩儿的，他左挨右挨去年春天，到底没有挨过去。这孩子生了几个月，你的肺病就重起来了。我劝你少亲近他，只监督着老妈子照管就行。你总是忍不住，一会儿提，一会儿抱的。可是你病中为他操的那一份儿心也够瞧的。那一个夏天他病的时候多，你成天儿忙着，汤呀，药呀，冷呀，暖呀，连觉也没有好好儿睡过。那里有一分一毫想着你自己。瞧着他硬朗点儿你就乐，干枯的笑容在黄蜡般的脸上，我只有暗中叹气而已。

从来想不到做母亲的要像你这样。从迈儿起，你总是自己喂乳，一连四个都这样。你起初不知道按钟点儿喂，后来知道了，却又弄不惯；孩子们每夜里几次将你哭醒了，特别是闷热的夏季。我瞧你的觉老没睡足。白天里还得做菜，照料孩子，很少得空儿。你的身子本来坏，四个孩子就累你七八年。到了第五个，你自己实在不成了，又没乳，只好自己喂奶粉，另雇老妈子专管她。但孩子跟老妈子睡，你就没有放过心；夜里一听见哭，就竖起耳朵听，工夫一大就得过去看。十六年初，和你到北京来，将迈儿，转子留在家里；三年多还不能去接他们，可真把你惦记苦了。你并不常提，我却明白。你后来说你的病就是惦记出来的；

那个自然也有份儿，不过大半还是养育孩子累的。你的短短的十二年结婚生活，有十一年耗费在孩子们身上；而你一点不厌倦，有多少力量用多少，一直到自己毁灭为止。你对孩子一般儿爱，不问男的女的，大的小的。也不想到什么“养儿防老，积谷防饥”，只拼命的爱去。你对于教育老实说有些外行，孩子们只要吃得好玩得好就成了。这也难怪你，你自己便是这样长大的。况且孩子们原都还小，吃和玩本来也要紧的。你病重的时候最放不下的还是孩子。病的只剩皮包着骨头了，总不信自己不会好；老说：“我死了，这一大群孩子可苦了。”后来说送你回家，你想着可以看见迈儿和转子，也愿意；你万不想到会一走不返的。我送车的时候，你忍不住哭了，说：“还不知能不能再见？”可怜，你的心我知道，你满想着好好儿带着六个孩子回来见我的。谦，你那时一定这样想，一定的。

除了孩子，你心里只有我。不错，那时你父亲还在；可是你母亲死了，他另有个女人，你老早就觉得隔了一层似的。出嫁后第一年你虽还一心一意依恋着他老人家，到第二年上我和孩子可就将你的心占住，你再没有多少工夫惦记他了。你还记得第一年我在北京，你在家里。家里来信说你待不住，常回娘家去。我动气了，马上写信责备你。你教人写了一封复信，说家里有事，不能不回去。这是你第一次也可以说第末次的抗议，我从此就没给你写信。暑假时带了一肚子主意回去，但见了面，看你一脸笑，也就拉倒了。打这时候起，你渐渐从你父

亲的怀里跑到我这儿。你换了金镯子帮助我的学费，叫我以后还你；但直到你死，我没有还你。你在我家受了许多气，又因为我家的缘故受你家里的气，你都忍着。这全为的是我，我知道。那回我从家乡一个中学半途辞职出走。家里人讽你也走。哪里走！只得硬着头皮往你家去。那时你家像个冰窖子，你们在窖里足足住了三个月。好容易我才将你们领出来了，一同上外省去。小家庭这样组织起来了。

你虽不是什么阔小姐，可也是自小娇生惯养的，做起主妇来，什么都得干一两手；你居然做下去了，而且高高兴兴地做下去了。菜照例满是你做，可是吃的都是我们；你至多夹上两三筷子就算了。你的菜做得不坏，有一位老在行大大地夸奖过你。你洗衣服也不错，夏天我的绸大褂大概总是你亲自动手。你在家老不乐意闲着；坐前几个“月子”，老是四五天就起床，说是躺着家里事没条没理的。其实你起来也还不是没条理；咱们家那么多孩子，哪儿来条理？在浙江住的时候，逃过两回兵难，我都在北平。真亏你领着母亲和一群孩子东藏西躲的；末一回还要走多少里路，翻一道大岭。这两回差不多只靠你一个人。你不但带了母亲和孩子们，还带了我一箱箱的书；你知道我是最爱书的。在短短的十二年里，你操的心比人家一辈子还多；谦，你那样身子怎么经得住！

你将我的责任一股脑儿担负了去，压死了你；我如何对得起你！

你为我的捞什子书也费了不少神；第一回让你父亲的男佣人从家乡捎到上海去。他说了几句闲话，你气得在你父亲面前哭了。第二回是带着逃难，别人都说你傻子。你有你的想头：“没有书怎么教书？况且他又爱这个玩意儿。”其实你没有晓得，那些书丢了也并不可惜；不过教你怎么晓得，我平常从来没和你谈过这些个！总而言之，你的心是可感谢的。这十二年里你为我吃的苦真不少，可是没有过几天好日子。我们在一起住，算来也还不到五个年头。无论日子怎么坏，无论是离是合，你从来没对我发过脾气，连一句怨言也没有。——别说怨我，就是怨命也没有过。老实说，我的脾气可不大好，迁怒的事儿有的是。那些时候你往往抽噎着流眼泪，从不回嘴，也不号啕。不过我也只信得过你一个人，有些话我只和你一个人说，因为世界上只你一个人真关心我，真同情我。你不但为我吃苦，更为我分苦；我之有我现在的精神，大半是你给我培养着的。这些年来我很少生病。但我最不

耐烦生病，生了病就呻吟不绝，闹那伺候病的人。

你是领教过一回的，那回只一两点钟，可是也够麻烦了。你常生病，却总不开口，挣扎着起来；一来怕搅我，二来怕没人做你那份儿事。我有一个坏脾气，怕听人生病，也是真的。后来你天天发烧，自己还以为南方带来的疟疾，一直瞒着我。明明躺着，听见我的脚步，一骨碌就坐起来。我渐渐有些奇怪，让大夫一瞧，这可糟了，你的一个肺已烂了一个大窟窿了！大夫劝你到西山去静养，你丢不下孩子，又舍不得钱；劝你在家里躺着，你也丢不下那份儿家务。越看越不行了，这才送你回去。明知凶多吉少，想不到只一个月工夫你就完了！本来盼望还见得着你，这一来可拉倒了。你也何尝想到这个？父亲告诉我，你回家独住着一所小住宅，还嫌没有客厅，怕我回去不便哪。

前年夏天回家，上你坟上去了。你睡在祖父母的下首，想来还不孤单的。只是当年祖父母的坟太小了，你正睡在圹底下。这叫做“抗圹”，在生人看来是不安心的；等着想办法哪。那时圹上圹下密密地长着青草，朝露浸湿了我的布鞋。你刚埋了半年多，只有圹下多出一块土，别的全然看不出新坟的样子。我和隐今夏回去，本想到你的坟上来；因为她病了没来成。我们想告诉你，五个孩子都好，我们一定尽心教养他们，让他们对得起死了的母亲——你！谦，好好儿放心安睡吧，你。

二
为了你，
我可以丢弃一切

我生命里的温暖就那么多，我全部给了你，但是你离开了我，你叫我以后怎么再对别人笑。

初恋的自白

胡也频

下面所说的，是一个春青已经萎谢，而还是独身着的或人的故事：

大约是十二岁，父亲就送我到相隔两千余里之远的外省去读书，离开家乡，不觉间已是足足的三年零四个月了。就在这一年

的端午节后三日得了我母亲的信，她要我回家，于是我就非常不能耐的等着时光的过去，盼望暑假到来；并且又像得了属于苦工的赦免一般，考完试验；及到了讲演堂前面那赭色古旧的墙上，由一个正害着眼病的校役，斜斜地贴出那实授海军少将的校长的放学牌示之时，我全个的胸膛里都充满着欢喜了，差不多快乐得脸上不断地浮现着微笑。

从这个学校回到我的家，是经过两个大海，但是许多人都羡慕的这一次的海上风光，却被我忽略去了，因为我正在热心的思想着家乡情景。

一切的事物在眷恋中，不必是美丽的，也都成为可爱了，——尤其是对于曾偷吃过我的珍珠鸟的那只黑猫，我也宽恕它既往的过失，而生起亲切的怀念。

到了家，虽说很多的事实和所想像的相差，但那欢喜却比意料的更大了。

母亲为庆贺这家庭中新的幸福，发出了许多请帖，预备三桌酒席说是替我接风。

第二天便来了大人和小孩的男男女女的客。

在这些相熟和只能仿佛地觉得还认识的客中，我特别注意到那几个年约十二三岁的女孩子。她们在看我的眼中，虽说模样各异，却全是可爱，但是在这可爱中而觉得出众的美丽的——是我不知道叫她做什么名字的那个。

因为想起她是和我的表姨妈同来，两人相像，我就料定她也是我的表妹妹；她只有我的肩头高。

“表妹！”一直到傍晚时分，我才向她说，还时她正和一个高低相等的女孩子，躲在西边的厢房里面，折叠着纸塔玩。

听我在叫她，她侧过脸来，现出一点害羞，但随着在娇媚的脸儿上便浮起微笑。

“是不是叫你做表妹？”我顺手拿起另一张纸，也学她折叠纸塔。

她不语。

那个女孩子也不知怎的，悄悄地走开了，于是这个宽大的厢房里面只剩下两个人，我和她。

她很自然，依样低头的，用她那娇小的手指，继续着折叠那纸塔。我便跑开去，拿来我所心爱的英文练习本，把其中的漂亮的洋纸扯开，送给她，并且我自己还折了火轮船，屋子，暇蟆，和鸟儿之类的东西，也都送给她。她受了我的这些礼物，却不说出一句话来，只用她的眼光和微笑，向我致谢。

我忽然觉到，我的心原先是空的，这时才因她的眼光和微笑而充满了异样的喜悦。

她的塔折叠好了，约有一尺多高，就放在其余的纸物件中间，眼睛柔媚的斜着去看，这不禁使我小小的心儿跳动了。

“这好看，”我说。“把它送给我，行不行？”

她不说话，只用手把那个塔拿起来，放到我面前，又微笑，眼光充满着明媚。

我正想叫她一声“观音菩萨”，作为感谢，一个仆妇却跑来，并且慌慌张张的，把她拉走了，她不及拿去我送给她的那些东西。看她临走时，很不愿意离开的回望我的眼波，我惘然了，若有所失的对那些纸物件痴望。

因久等仍不见她来，我很心焦的跑到外面去找，但是在全屋子里面，差不多每一个空隙都瞧过了，终不见她的半点影子。于是，在我的母亲和女客们的谈话中间，关于她，我听到不幸的消息，那是她的父亲病在海外，家里突接到这样的信，她和她的母亲全回家去了。我心想，她今夜无论如何，是不会再到这里来上酒席了。我就懊悔到尽痴望纸塔，而不曾随她出去，在她身边，和她说我心里的话，要她莫忘记我；并且，那些纸折的东西也是应该给她的。我觉得我全然做错了。

我一个人闷闷的，又来到西厢房，看见那些小玩艺儿，心更惘然了；我把它们收起，尤其是那个塔，珍重地放到小小的皮箱里去。

这一夜为我而设的酒席上面，因想念她，纵有许多男男女女的客都向我说笑，我也始终没有感到欢乐，只觉得很无聊似的；我的心情是完全被怅惘所包围着。

由是，一天天的，我的心只希望着她能够再来，看一次她的影子也好；但是这希望，无论我是如何的诚恳，如何的急切，全等于梦，渺茫的，而且不可摸捉，使得我仿佛曾受了什么很大的损失。我每日怅怅的，母亲以为我有了不适，然而我能够向她说出些什么话呢？我年纪还小，旧礼教的权威又压迫着我的全心灵，我终于撒谎了，说是因为我的肚子受了寒气。

我不能对于那失望，用一种明瞭的解释，我只模模糊糊地觉得，没有看见她，我是很苦恼的。

大约是第四天，或是第五天吧，那个仆妇单独地来到，说是老爷的病症更加重，太太和小姐都坐海船走了。——呵！这些话在我的耳里便变成了巨雷！我知道，我想再见到她，是不可能的事了。我永远记着这个该诅咒的日子。

始终没有和她作第二的见面，那学校的开学日期却近了，于是我又离开家；这一次的离家依样带着留恋，但在我大部分的心中，是充满着恼恨。

在校中，每次写信给双亲的时候，我曾想——其实是因想到她，才想起给家里写信，但结果都被胆怯所制，不敢探问到她，即有时已写就了几句，也终于涂抹了，或者又连信扯碎。

第二年的夏天，我毕业了，本想借这机会回家去，好生的看望她，向她说出我许久想念她的心事；但当时却突然由校长的命令（为的我是高才生），不容人拒绝和婉却的，把我送到战舰上去实事练习了。于是，另一种新的生活，我就开始了，并且脚踪更无定，差不多整年的浮在海面，飘泊去，又飘泊来，离家也就更远了。因此，我也就更深的想念着她。

时光——这东西像无稽的梦幻，模糊的，在人的不知觉间，消去了，我就这样忽忽的，并且没有间断地在狂涛怒浪之中，足足的度过六年，我以为也像是一个星期似的。

其实，这六年，想起来是何等可怕的长久呵。在其间，尤其是在最后的那两年，因了我年纪的增长，我已明瞭所谓男女之间的关系了，但因这，对于我从幼小时所深印的她的影子，也随着更活泼，更鲜明，并且更觉得美丽和可爱了，我一想到她应该有所谓及笄年纪的时候，我的心就越跳跃，我愿向她这样说：我是死了，我的心烂了，我的一切都完了，我没有梦的背景和生活的希望了，倘若我不能得到你的爱！——并且我还要继续说——倘若你爱我，我的心将充满欢乐，我不死了，我富有一切，我有了美丽的梦和生活的意义，我将成为宇宙的幸福王子。……想着时，我便重新展览了用全力去珍重保存的那些纸折的物件，我简直要发狂了，我毫无顾忌地吻她的那个纸塔——我的心就重新挟击着两件东西：幸福和苦恼。

我应该补说一句：在这六年中，我的家境全变了，父亲死去，惟一的弟弟也病成瘫子，母亲因此哭瞎了眼睛，……那末，关于我所想念的她，我能用什么方法去知道呢？能在我瞎子的母亲面前，不说家境所遭遇的不幸，而恳恳的只关心于我所爱恋的她么？我只能常常向无涯的天海，默祷神护祐，愿她平安，快乐和美丽……！

倘若我无因的想起她也许嫁人，在这时，我应该怎样说？我的神！我是一个壮者，我不畏狂涛，不畏飓风，然而我哭了，我仿佛就觉得死是美丽，惟有死才是我最适合的归宿，我是失去我的生活的一切能力了。

不过，想到她还是待人的处女的时候，我又恢复了所有生活的兴趣，我有驱逐一切魔幻的勇气，我是全然醒觉了，存在了。

总而言之，假使生命须一个主宰，那末她就是主宰我生命的神！

我的生活是建设在她上面。

然而，除了她的眼光和微笑，我能够多得一些什么？

这一直到六年之最末的那天，我离开那只战舰，回到家里的时候……

能够用什么话去形容我的心情？

我看见到她（这是在表姨妈家里），她是已出嫁两年了，拖着毛毵毵黄头发不满周岁的婴儿，还像当年模样，我惊诧了，我欲狂奔去，但是我突然被了一种感觉，我又安静着；呵，只有神知道，我的心是如何的受着无形的利刃的宰割！

为了不可攻的人类的虚伪，我忘却了自己，好像的忘却了一般，我安静而且有礼的问她好，抚摩她的小孩，她也殷勤地关心我海上的生活情况并且叹息我家境的变迁，彼此都坦然的，孜孜地说着许许多多零碎的话，差不多所想到的事件都说出了。

真的，我们的话语是像江水一般不绝地流去，但是我始终没有向她说：

“表妹，你还记得么，七年前你折叠的那个纸塔，还在我箱子里呢！”

朦胧的初恋

周作人

那时我十四岁，她大约是十三岁罢。我跟着祖父的妾宋姨太太寄寓在杭州的花牌楼，间壁住着一家姚姓，她便是那家的女儿。她本姓杨，住在清波门头，大约因为行三，人家都称她作三姑娘。姚家老夫妇没有子女，便认她做干女儿，一个月里有二十多天住在他们家里，宋姨太太和远邻的羊肉店石家的媳妇虽然很说得来，与姚宅的老妇却感情很坏，彼此都不交口，但是三姑娘并不管这些事，仍旧推进门来游嬉。她大抵先到楼上去，同宋姨太太搭讪一回，随后走下楼来，站在我同仆人阮升公用的一张板桌旁边，抱着名叫“三花”的一只大猫，看我映写陆润库的木刻的字帖。

我不曾和她谈过一句话，也不曾仔细的看过她的面貌与姿态，大约我在那时已经很是近视，但是还有一层缘故，虽然非意识的对于她很是感到亲近，一面却似乎为她的光辉所掩，开不起眼来去端详她了。在此刻回想起来，仿佛是一个尖面庞，乌眼睛，瘦小身材，而且有尖小的脚的少女，并没有什么殊胜的地方，但是在我的性的生活里总是第一个人，使我于自己以外感到对于别人的爱着，引起我没有明了的性之概念的，对于异性的恋慕的第一个人了。

我在那时候当然是“丑小鸭”，自己也是知道的，但是终不以此而减灭我的热情。每逢她抱着猫来看我写字，我便不自觉的振作起来，用了平常所无的努力去映写，感着一种无所希求的迷蒙的喜乐。并不问她是否爱我，或者也还不知道自己是爱着她，总之对于她的存在感到亲近喜悦，并且愿为她有所尽力，这是当时实在的心情，也是她所给我的赐物了。在她是怎样不能知道，自己的情绪大约只是淡淡的一种恋慕，始终没有想到男女关系的问题。有一天晚上，宋姨太太忽然又发表对于姚姓的憎恨，末了说道：

“阿三那小东西，也不是好货，将来总要流落到拱辰桥去做婊子的。”

我不很明白做婊子这些是什么事情，但当时听了心里想道：

“她如果真是流落做了，我必定去救她出来。”

大半年的光阴这样的消费过去了。到了七八月里因为母亲生病，我便离开杭州回家去了。一个月以后，阮升告假回去，顺便到我家里，说起花牌楼的事情，说道：

“杨家的三姑娘患霍乱死了。”

我那时也很觉得不快，想象她的悲惨的死相，但同时却又似乎很是安静，仿佛心里有一块大石头已经放下了。

希望可以永远地不分离

郁达夫

映霞:

现在大约你总已经到了杭州了吧？你的祖父母亲弟弟妹妹都好么？你或者现在在吃晚饭，但我一个人，却只坐在电灯的前头呆想，想你在家庭里团聚的乐趣。

今天早晨，我本想等火车开后再回来的，但因为怕看见了那载人离别的机关，堂堂的将你搬载了去，怕看见这机器将你从我的身旁分开，送上每天不能相见的地方去时，心里更要不快乐，更是悲哀，所以我硬了心肠一挥手就和你别了。我在洋车上，把你的信拆开来看，看完的时候，几乎放声哭了起来，就马上叫车夫拉我回去，回到南火车站去，再和你握一握手。可是走到了莱路口，又遇着一群军队的通过，把交通都断绝了。所以只好闷闷的回来。回到闸北，约略睡了一会，就有许多事务要办，又只好勉强起来应付着，一直的忙到现在。现在大家在吃晚饭，我因为早上吃得太饱，不想下去吃饭，所以马上就坐下来写这封信。

映霞，你叮嘱我的话，我句句都遵守着，我以后要节戒烟酒，要发奋做我的事业了，这一层请你放心。

今天天气实在好得很，但稍觉凉了一点，所以我在流清水鼻涕，人家都以为我在暗泣。映霞，我若果真在这里暗泣，那么你总也该知道，这眼泪是为谁流的。

映霞，我相信你，我敬服你，我更感激你到了万分，以后只教你能够时时写信给我，那我在寂寞之中，还可以自慰。我只盼望我们的自由的日子到来，到那时候，我们俩可以永远地不至于离开。映霞，从前你住在梅白克路的时候，我们俩虽则不是在一个屋椽之下，但要相见的时候，只要经过一二十分钟就可以相见。那时候即使不和你相见，我心里但想着你是和我同处在上海，同在呼吸一个地方的空气，那心里就平稳许多，但现在你却去得很远了，我一想到你，就要心酸起来。映霞，这一回的小别，你大约总猜不出要使我感到多苦楚。但你的这一次的返里，却是不得已的，并且我们的来日，亦正长得很。映霞，我希望你能够利用这个机会，说得你母亲心服，好使我们俩的事情，得早一日成功。

你的信里说，今年年内我们总可以达到目的，但以我现在对你的心境讲来，怕就是三四个月也等不得。

总之，映霞，我以后要努力了，要好好儿的做人了，我想把我的事业，重新再来过一番，庶几可以不使你失望，不使人家会笑你爱错了人。

我以后不跑出去了，绝对不跑出去了，就想拼命的著书，拼命的珍摄身体，非但为了我自己，并且是为了你。

今天头昏得很，想早点睡觉，只写到此地为止，此信，当于明天一早，由我自家跑上租界上去寄出。我希望你当没有接到这一封信之先，已经有了寄给我的来书。

映霞，再见，再见！

1927年4月3日晚上写
达夫寄自上海创造社

你并不离我们太远

林徽因

今天是你走脱这世界的四周年！朋友，我们这次拿什么来纪念你？前两次的用香花感伤地围上你的照片，抑住嗓子底下叹息和悲哽，朋友和朋友无聊地对望着，完成一种纪念的形式，俨然是愚蠢的失败。因为那时那种近于伤感，而又不够宗教庄严的举动，除却点明了你和我们中间的距离，生和死的间隔外，实在没有别的成效；几乎完全不能达到任何真实纪念的意义。去年今日我意外的由浙南路过你的家乡，在昏沉的夜色里我独立火车门外，凝望着那幽暗的站台，默默地回忆许多不相连续的过往残片，直到生和死间居然幻成一片模糊，人生和火车似的蜿蜒一串疑问在苍茫间奔驰。我想起你的：

> 火车擒住轨，在黑夜里奔过
>
> 山，过水，过……

如果那时候我的眼泪曾不自主地溢出睫外，我知道你定会原谅我的。你应当相信我不会向悲哀投降，什么时候我都相信倔强的忠于生的，即使人生如你底下所说：

> 就凭那精窄的两道，算是轨，
> 驮着这份重，梦一般的累赘！

就在那时候我记得火车慢慢地由站台拖出，一程一程的前进，我也随着酸怆的诗意，那“车的呻吟”，“过荒野，过池塘……过噤口的村庄”。到了第二站—我的一半家乡。

今年又轮到今天这一个日子！世界仍旧一团糟，多少地方是黑云布满着粗筋络往理想的反面猛进，我并不在瞎说，当我写：

> 信仰只一细炷香，
> 那点子亮再经不起西风
> 沙沙的隔着梧桐树吹

朋友，你自己说，如果是你现在坐在我这位子上，迎着这一窗太阳：眼看着菊花影在墙上描画作态；手臂下倚着两叠今早的报纸；耳朵里不时隐隐地听着朝阳门外“打靶”的枪弹声；意识的，潜意识的，要明白这生和死的谜，你又该写成怎样一首诗来，纪念一个死别的朋友？

此时，我却是完全的一个糊涂！习惯上我说，每桩事都像是造物的意旨，归根都是运命，但我明知道每桩事都像有我们自己的影子在里面烙印着！我也知道每一个日子是多少机缘巧合凑拢来拼成的图案，但我也疑问其间的排布谁是主宰。据我看来：死是悲剧的一章，生则更是一场悲剧的主干！我们这一群剧中的角色自身性格与性格矛盾；理智与情感两不相容；理想与现实当面冲突，侧面或反面激成悲哀。日子一天一天向前转，昨日和昨日堆垒起来混成一片不可避脱的背景，做成我们周遭的墙壁或气氲，那么结实又那么缥缈，使我们每一个人站在每一天的每一个时候里都是那么主要，又是那么渺小无能为！

此刻我几乎找不出一句话来说，因为，真的，我只是个完全的糊涂；感到生和死一样的不可解，不可懂。

但是我却要告诉你，虽然四年了你脱离去我们这共同活动的世界，本身停掉参加牵引事体变迁的主力，可是谁也不能否认，你仍立在我们烟涛渺茫的背景里，间接的是一种力量，尤其是在文艺创造的努力和信仰方面。间接的你任凭自然的音韵，颜色，不时的风轻月白，人的无定律的一切情感，悠断悠续的仍然在我们中间继续着生，仍然与我们共同交织着这生的纠纷，继续着生的理想。你并不离我们太远。你的身影永远挂在这里那里，同你生前一样的心旋转。

说到您的诗，朋友，我正要正经地同你再说一些话。你不要不耐烦，这话迟早我们总要说清的。人说盖棺定论，前者早已成了事实，这后者在这四年中，说来叫人难受，我还未曾谈到一篇中肯或诚实的论评，虽然对你的赞美和攻讦由你去世后一两周间，就纷纷开始了。但是他们每人手里拿的都不像纯文艺的天秤；有的喜欢你的为人；有的疑问你私人的道德；有的单单尊崇你诗中所表现的思想哲学，有的仅喜爱那些软弱的细致的句子，有的每发议论必须牵涉到你的个人生活之合乎规矩方圆，或断言你是轻薄，或引证你是浮奢豪侈！朋友，我知道你从不介意过这些，许多人的浅陋老实或刻薄处你早就领略过一堆，你不止未曾生过气，并且常常表示怜悯同原谅；你的心情永远是那么洁净；头老抬得那么高；胸中老是那么完整的诚挚；臂上老有那么许多不折不挠的勇气。但是现在的情形与以前却稍稍不同，你自己既已不在这里，做你朋友的，眼看着你被误解，曲解，乃至于谩骂，有时真忍不住替你不平。

但你可别误会我心眼儿窄，把不相干的看成重要，我也知道误解曲解谩骂，都是不相干的，但是朋友，我们谁都需要有人了解我们的时候，真了解了我们，即使是痛下针砭，骂着了我们的弱处错处，那整个的我们却因而更增添了意义，一个作家文艺的总成绩更需要一种就文论文，就艺术论艺术的和平判断。

你在《猛虎集》序中说“世界上再没有比写诗更惨的事”，你却并未说明为什么写诗是一桩惨事，现在让我来个注脚好不好？我看一个人一生为着一个愚诚的倾向，把所感受到的复杂的情绪尝味到的生活，放到自己的理想和信仰的锅炉里烧炼成几句悠扬铿锵的语言（哪怕是几声小唱），来满足他自己本能的艺术的冲动，这本来是个极寻常的事，那一个地方那一个时代，都不断有这种人。轮着做这种人的多半是为着他情感来的比寻常人浓富敏锐，而为着这情感而发生的冲动更是非实际的或不全是实际的追求。而需要那种艺术的满足而已。说起来写诗的人的动机多么简单可怜，正是如你序里所说“我们都是受支配的善良的生灵”！

虽然有些诗人因为他们的成绩特别高厚旷阔包括了多数人，或整个时代的艺术和思想的冲动，从此便在人中间披上神秘的光圈，使“诗人”两字无形中挂着崇高的色彩。这样使一般努力于用韵文表现或描画人在自然万物相交错的情绪思想的，便被人的成见看做夸大狂的旗帜需要同时代人的极冷酷的讥讪和不信任来扑灭它，以挽救人类的尊严和健康。

我承认写诗是惨淡经营，孤立在人中挣扎的勾当，但是因为我知道太清楚了。你在这上面单纯的信仰和诚恳的尝试，为同业者奋斗，卫护他们情感的愚诚，称扬他们艺术的创造自己从未曾求过虚荣，我觉得你始终是很逍遥舒畅的。如你自己所说“满头血水”你“仍不曾低头”，你自己相信“一点性灵还在那里挣扎”，“还想在实际生活的重重压迫下透出一些声响来”。

简单的说，朋友，你这写诗的动机是坦白不由自主的，你写诗的态度是诚实，勇敢，而倔强的。这在讨论你诗的时候，谁都先得明了的。

至于你诗的技巧问题，艺术上的造诣，在几乎没有一定的定义时代，转入这讨论外形内容，以至于音节韵脚章句意象组织等艺术技巧问题的时期，即是根据着对这方面努力尝试过的那一些诗，你的头两个诗集子就是供给这些讨论见解最多材料的根据。外国的土话说“马总得放在马车的前面”，不是？没有一些尝试的成绩放在那里，理论家是不能老在那里发一堆空头支票的，不是？

你自己一向不止在那里倔强的尝试用功，你还曾用尽你所有活泼的热心鼓励别人尝试，鼓励“时代”起来尝试，一这种工作是最犯风头嫌疑的，也只有你胆子大头皮硬顶得下来！我还记得你要印诗集子时我替你捏一把汗，老实说还替你在有文采的老前辈中间难为情过，我也记得我初听到人家找你办《晨报副刊》时我的焦急，但你居然板起个脸抓起两把鼓锤子为文艺吹打开路乃至于扫地，铺鲜花，不顾旧势力的非难，新势力的怀疑，你干你的事，“事在人为，做了再说”那股子劲，以后别处也还很少见。

现在你走了这些事渐渐在人的记忆中模糊下来，你的诗和文也散漫在各小本集子里压在有极新鲜的封皮的新书后面，谁说起你来，不是马马虎虎地承认你是过去中一个势力，就是拿能够挑剔看轻你的诗为本事（散文人家很少提到，或许“散文家”没有诗人那么光荣不值得注意）。朋友，这是没法子的事，我却一点不为此灰心，因为我有我的信仰。

我认为我们这写诗的动机既如前边所说那么简单愚诚；因在某一时，或某一刻敏锐地接触到生活上的锋芒，或偶然地触遇到理想峰巅上云彩星霞，不由得不在我们所习惯的语言中，编缀出一两串近于音乐的句子来，慰藉自己，解放自己，去追求超实际的真美，读诗者的反应一定有一大半也和我们这写诗的一样诚实天真，仅想在我们句子中间由音乐性的愉悦，接触到一些生活的底蕴掺合着美丽的憧憬；把我们的情绪给他们的情绪搭起一座浮桥，把我们的灵感，给他们生活添些新鲜；把我们的痛苦伤心再揉成他们自己忧郁的安慰！

我们的作品会不会长存下去，也就看它们会不会活在那一些我们从不认识的人，我们作品的读者，散在各时，各处互相不认识的孤单的人的心里的，这种事它自己有自己的定律，并不需

要我们的关心的。你的诗据我所知道的，它们仍旧在这里浮沉流落，你的影子也就浓淡参差地系在那些诗句中，另一端印在许多不相识人的心里。朋友，你不要过于看轻这种间接的生存，许多热情的人他们会为着你的存在，而加增了生的意识的。伤心的仅是那些你最亲热的朋友们和同兴趣的努力者，你不在他们中间的事实，将要永远是个不能填补的空虚。

你走后大家就提议要为你设立一个“志摩奖金”来继续你鼓励人家努力诗文的素志，勉强象征你那种对于文艺创造拥护的热心，使不及认得你的青年人永远对你保存着亲热。如果这事你不觉到太寒伧不够热气，我希望你原谅你这些朋友们的苦心，在冥冥之中笑着给我们勇气来做这一蠢诚的事吧。

她不会离开我，也从未离开我

巴金

昨夜梦见萧珊，她拉住我的手，说："你怎么成了这个样子？"我安慰她："我不要紧。"她哭起来。我心里难过，就醒了。

病房里有淡淡的灯光，每夜临睡前陪伴我的儿子或者女婿总是把一盏开着的台灯放在我的床脚。夜并不静，附近通宵施工，

似乎在搅拌混凝土。此外我还听见知了的叫声。在数九的冬天哪里来的蝉叫？原来是我的耳鸣。

这一夜我儿子值班，他静静地睡在靠墙放的帆布床上。过了好一阵子，他翻了一个身。

我醒着，我在追寻萧珊的哭声。耳朵倒叫得更响了。……我终于轻轻地唤出了萧珊的名字：“蕴珍”。我闭上眼睛，房间马上变换了。

在我们家中，楼下寝室里，她睡在我旁边另一张床上，小声嘱咐我：“你有什么委屈，不要瞒我，千万不能吞在肚里啊！”……

在中山医院的病房里，我站在床前，她含泪望着我说：“我不愿离开你。没有我，谁来照顾你啊？！”……

在中山医院的太平间，担架上一个带人形的白布包，我弯下身子接连拍着，无声地哭唤：“蕴珍，我在这里，我在这里……”

我用铺盖蒙住脸。我真想大叫两声。我快要给憋死了。“我到哪里去找她？！”我连声追问自己。于是我又回到了华东医院的病房。耳边仍是早已习惯的耳鸣。

她离开我十二年了。十二年，多么长的日日夜夜！每次我回到家门口，眼前就出现一张笑脸，一个亲切的声音向我迎来，可是走进院子，却只见一些高高矮矮的没有花的绿树。上了台阶，我环顾四周，她最后一次离家的情景还历历在目：她穿得整整齐齐，有些急躁，有点伤感，又似乎充满希望，走到门口还回头张望。……仿佛车子才开走不久，大门刚刚关上。不，她不是从这两扇绿色大铁门出去的。以前门铃也没有这样悦耳的声音。十二年前更不会有开门进来的挎书包的小姑娘。……为什么偏偏她的面影不能在这里再现？为什么不让她看见活泼可爱的小端端？

我仿佛还站在台阶上等待车子的驶近，等待一个人回来。这样长的等待！十二年了！甚至在梦里我也听不见她那清脆的笑

声。我记得的只是孩子们捧着她的骨灰盒回家的情景。这骨灰盒起初给放在楼下我的寝室内床前五斗橱上。后来，“文革”收场，封闭了十年的楼上她的睡房启封，我又同骨灰盒一起搬上二楼，她仍然伴着我度过无数的长夜。我摆脱不了那些做不完的梦。总是那一双泪汪汪的眼睛！总是那一副前额皱成“川”字的愁颜！总是那无限关心的叮咛劝告！好像我有满腹的委屈瞒住她，好像我摔倒在泥淖中不能自拔，好像我又给打翻在地让人踏上一脚。……每夜，每夜，我都听见床前骨灰盒里她的小声呼唤，她的低声哭泣。

怎么我今天还做这样的梦？怎么我现在还甩不掉那种种精神的枷锁？……悲伤没有用。我必须结束那一切梦景。我应当振作起来，即使是最后的一次。骨灰盒还放在我的家中，亲爱的面容还印在我的心上，她不会离开我，也从未离开我。做了十年的“牛鬼”，我并不感到孤单。我还有勇气迈步走向我的最终目标——死亡，我的遗物将献给国家，我的骨灰将同她的骨灰搅拌在一起，撒在园中，给花树做肥料。

……闹钟响了。听见铃声，我疲倦地睁大眼睛，应当起床了。床头小柜上的闹钟是我从家里带来的。我按照冬季的作息时间：六点半起身。儿子帮忙我穿好衣服，扶我下床。他不知道前一夜我做了些什么梦，醒了多少次。

为了你，我可以丢弃一切

郁达夫

致王映霞：

这一封信，希望你保存着，可以作我们两人这一次交游的纪念。两月以来，我把什么都忘掉。为了你，我情愿把家庭，名誉，地位，甚而至于生命，也可以丢弃，我的爱你，总算是切而且挚了。我几次对你说，我从没有这样的爱过人，我的爱是无条件的，是可以牺牲一切的，是如猛火电光，非烧尽社会，烧尽自身不可的。内心既感到了这样热烈的爱，你试想想看外面可不可以和你同路人一样，长不相见的？因此我几次的要求你，要求你不要疑我的卑污，不要远避开我，不要于见我的时候要拉一个第三者在内。

好容易你答应了我一次，前礼拜日，总算和你谈了半天。第二天一早起来，我又觉得非见你不可，所以又匆匆的跑到尚贤坊去。谁知事不凑巧，却遇到了孙夫人的骤病，和一位不相识的生客的到来，所以那一天我终于很懊恼地走了，那一夜回家，仍

旧是没有睡着，早晨起来，就接到了你一封信，——在那一天早晨的前夜，我曾有一封信发出，约你在今天到先施前面来会——你的信里依旧是说，我们俩人在这一个期间内，还是少见面的好。你的苦衷，我未始不晓得。因为你还是一个无瑕的闺女，和男子来往交游，于名誉上有绝大的损失，并且我是一个已婚之人，尤其容易使人家误会。所以你就用拒绝我见面的方法，来防止这一层。第二，你年纪还轻，将来总是要结婚的，所以你所希望于我的，就是赶快把我的身子弄得清清爽爽，可以正式的和你举行婚礼。由这两层原因看来，可以知道你所最重视的是名誉，其次是结婚，又其次才是两人中间的爱情。不消说这一次我见到了你，是很热烈的爱你的。

正因为我很热烈的爱你，所以一时一刻都不愿意离开你。又因为我很热烈的爱你，所以我可以丢生命，丢家庭，丢名誉，以及一切社会上的地位和金钱。所以由我讲来，现在我能最重视的，是热烈的爱，是盲目的爱，是可以牺牲一切，朝不能待夕的爱。此外的一切，在爱的面前，都只有和尘沙一样的价值。真正的爱，是不容利害打算的念头存在于其间的。所以我觉得这一次我对你感到的，的确是很纯正，很热烈的爱情。这一种爱情的保持，是要日日见面，日日谈心，才可以使它长成，使它洁化，使它长存于天地之间。而你对我的要求，第一就是不要我和你见面。我起初还以为这是你慎重将事的美德，心里很感服你，然而以我这几天自己的心境来一推

想，觉得真正的感到热烈的爱情的时候，两人的不见面，是绝对的不可能的。若两个人既感到了爱情，而还可以长久不见面的说话，那么结婚和同居的那些事情，简直可以不要。尤其是可以使我得到实证的，就是我自家的经验。我和我女人的订婚，是完全由父母作主，在我三岁的时候定下的。后来我长大了，有了知识，觉得两人中间，终不能发生出情爱来，所以几次想离婚，几次受了家庭的责备，结果我的对抗方法，就只是长年的避居在日本，无论如何，总不愿意回国。后来因为祖母的病，我于暑假中回来了一次——那一年我已经有25岁了——殊不知母亲祖母及女家的长者，硬是把我捉住，要我结婚。我逃得无可再逃，避得无可再避，就只好想了一

个恶毒法子出来刁难女家，就是不要行结婚礼，不要用花轿，不要种种仪式。我以为对于头脑很旧的人，这一个法子是很有效力的。哪里知道女家竟承认了我，还是要我结婚，到了七十二变变完的时候，我才走投无路，只能由他们摆布了，所以就糊里糊涂的结了婚。但我对于我的女人，终是没有热烈的爱情的，所以结婚之后，到如今将满六载，而我和她同住的时候，积起来还不上半年。因为我对我的女人，终是没有热烈的爱情的，所以长年的飘流在外，很久很久不见面，我也觉得一点儿也没有什么。从我这自己的经验推想起来，我今天才得到了一个确实的结论，就是现在你对我所感到的情爱，等于我对于我自己的女人所感到的情爱一样。由你看起

来，和我长年不见，也是没有什么的。既然是如此，那么映霞，我真真对你不起了，因为我爱你的热度愈高，使你所受的困惑也愈甚，而我现在爱你的热度，已将超过沸点，那么你现在所受的痛苦，也一定是达到了极点了。爱情本来要两人同等的感到，同样的表示，才能圆满的成立，才能有好好的结果，才能使两方感到一样的愉快，像现在我们这样的爱情，我觉得只是我一面的庸人自扰，并不是真正合乎爱情的原则的。所以这一次因为我起了这盲目的热情之后，我自己倒还是自作自受，吃苦是应该的，目下且将连累及你也吃起苦来了。我若是有良心的人，我若不是一个利己者，那么第一我现在就要先解除你的痛苦。你的爱我，并不是真正的由你本心而发的，不过是我的热情的反响。我这里燃烧得愈烈，你那里也痛苦得愈深，因为你一边本不在爱我，一边又不得不聊尽你的对人的礼节，勉强的与我来酬酢。我觉得这样的过去，我的苦楚倒还有限，你的苦楚，未免太大了。今天想了一个下午，晚上又想了半夜，我才达到了这一个结论。由这一个结论再演想开来，我又发见了几个原因。第一我们的年龄相差太远，相互的情感是当然不能发生的。第二我自己的丰采不扬——这是我平生最大的恨事——不能引起你内部的燃烧。第三我的羽翼不丰，没有千万的家财，没有盖世的声誉，所以不能使你五体投地的受我的催眠暗示。

说到了这里，我怕你要骂我，骂我在说俏皮话讥讽你，或者你至少也要说我在无理取闹，无理生气，气你不肯和我相见，但是映霞，我很诚恳的对你说，这一种浅薄的心思，我是丝毫没有的。我从前虽则因为你不愿和我见面而曾经发过气，但到了现在——已经想前思后的想破了的现在，我是丝毫也没有怨你的心思，丝毫也没有诋骂你的心思了。我非但没有怨你讥笑你的心思，就是现在我也还在爱你。正因为爱你的原因，所以我想解除你现在的苦痛——心不由主，不得不勉强酬应的苦痛。我非但衷心还在爱你，我并且也非常的在感激你。因为我这一次见了你，才经验到了情爱的本质，才晓得很热烈的想爱人的时候的心境是如何的紧张的。我此后想遵守你所望于我的话，我此后想永远地将你留置在我的心灵上膜拜。我这一回只觉得对你不起，因为我一个人的热爱而致累及了你，累你也受了一个多月的苦。我对于自己所犯的这一点罪恶，认识得很清，所以今后我对于你的报答，也仍旧是和从前一样，你要我怎么样，我就可以怎么样。

映霞，这一回我真觉得对你不起，我真累及了你了。映霞，你这一回也算是受了一回骗，把我之致累于你的事情，想得轻一点，想得开一点吧！

我还希望你不要因此而断绝了我们的友谊，不要因此而咒骂一班具有爱人的资格的男人。

这一回的事情，完全是我不好，完全是我一个人自不量力的瞎闯的结果。我这一封信，可以证明你的洁白，证明你的高尚，你不过是一个被难者，一个被疯犬咬了的人，你对我本来并没有什么好恶之感，并没有什么男女的私情的。万一你要证明你的洁白，证明你的高尚，有将这一封信发表的必要时候，我也没有什么反对的抗议。不过若没有这一种必要的事情发生的时候，我还是希望你保存着，保存到我的死后再发表。

最后我还要重说一句，你所希望我的，规劝我的话，我以后一定牢牢的记着。假使我将来若有一点成就的时候，那么我的这一点成就的荣耀，愿意全部归赠给你。

映霞，映霞，我写完了这一封信，眼泪就忍不住的往下掉了，我我……

以文字来传达亲吻

马克思

我心中的爱人：

我又给你写信了，因为我现在独自一人，而且我总是感到很难过，经常在心里和你交谈，但你一点也不知道，既听不到也不能回答我。虽然你的照片照得不太好，但对我却极有用，现在我终于明白为什么“阴郁的圣母”——最丑陋的圣母像，也能有狂热的崇拜者，甚至比一些优美的像拥有更多的崇拜者。无论怎样，这些阴郁的圣母像中，没有一张像你这张照片那样被吻过这么多次，被这样深情地看过并受到如此的崇拜。照片上的你即使不显得阴郁，至少也是郁闷的，它决不能反映你那可爱、迷人、甜蜜的让人想亲吻的脸。但我把相片挪了挪位，让阳光更好地照到它上面，使相片上的你看起来更好看一些，并且我发现我的视力虽然被灯光和烟草损坏，但我仍能在梦中，甚至在醒着的时候描绘你的模样。你好像真的在我面前，我把你抱到我的膝盖上，说着：“我爱你，夫人！”事实上我对你的爱胜过奥塞罗一生付出的爱情。撒谎和空虚的世界对人的看法也是虚伪而表面的。无数诽谤我、污蔑我的敌人中有谁曾骂过我适合在某个二流戏院扮演头等情人的角色呢？但事实如此。要是这些坏蛋稍微有点幽默感的话，他们会在一边画上“生产和管理”，另一边画上我拜倒在你的脚前，然后在这幅讽刺画下注明：“看看这幅画，再看看那幅”。但是这些坏蛋是笨蛋，而且将永远是笨蛋。

暂时的别离是有益的，因为经常接触会使生活变单调，使事物间的差别逐渐消失。过分接近会让高塔显得低矮，而我们和日常生活琐事接触太密切，琐事就会过度膨胀。细小的、让人不舒服并诉诸感情的习惯，只要它的直接对象在视野中消失，它也就不再存在。深挚的热情由于它的对象的亲近而表现为日常的习惯，在距离的魔力下会壮大起来，并重新具有它固有的力量。我的爱情就是如此。只要我们被空间分隔，即使仅仅是在我的梦里，我也能立即明白，时间之于我的爱情正如阳光雨露之于植物——使其滋长。你一不在我身边，我对你的爱情就会显出它的本来面目，仿佛巨人一般，聚集了我全副精神和全部感情。我又一次感到自己是一个真正的人，因为我感受到了一种强烈的热情。现代的教养和教育带给我们的复杂性，以及使我们对一切主客观印象都不相信的怀疑主义，只能使我们变得渺小、孱弱、牢骚不断。然而爱情，不是对费尔巴哈那类型唯物主义哲学的尊敬，不是对无产阶级的热爱，而是对值得爱的事物尤其是对你的爱，使一个人重新成为真正的人。

我亲爱的，你会微笑，会问：为什么我突然变得这么花言巧语？不过，如果我能把你那温柔而纯洁的心紧贴在自己的心上，我就会默默无言，不作一声。我不能以唇吻你，只能求助于文字，以文字来传达亲吻。

诚然，世间有许多女子，而且有些非常美丽。但是哪里还能找到一张脸，上面的五官，甚至每一条皱纹，都能引起我生命中最强烈最美好的回忆？甚至我无限的悲痛，我无可挽回的损失，我都能从你的笑容中看到，当我吻你那甜美的面庞时，我就能克制这种悲痛。“埋在她的臂膀里，因她的亲吻而苏醒。”

再见了，我亲爱的，千万次地吻你和孩子们。

你的卡尔

1856年6月21日于曼彻斯特

致萧军

萧红

由船上寄——上海

（1936年7月18日发）

君先生：

海上的颜色已经变成黑蓝了，我站在船尾，我望着海，我想，这若是我一个人怎敢渡过这样的大海！

这是黄昏以后我才给你写信，舱底的空气并不好，所以船开没有多久我时时就好像要呕吐，虽然吃了多量的胃粉。

现在船停在长崎了，我打算下去玩玩。昨天的信并没写完就停下了。

到东京再写信吧！祝好！

莹　七月十八日

日本东京——上海

（1936年7月21日发，7月27日到）

均：

你的身体这几天怎么样？吃得舒服吗？睡得也好？当我搬房子的时候，我想：你没有来，假若你也来，你一定看到这样的席子就要先在上面打一个滚，是很好的，像住在画的房子里面似的。

你来信寄到许的地方就好，因为她的房东熟一些。

海滨，许不去，以后再看，或者我自己去。

一张桌是（和）一个椅子都是借的，屋子里面也很规整，只是感到寂寞了一点，总有点好像少了一点什么！住下几天就好了。

外面我听到蝉叫，听到踏踏的奇怪的鞋声，不想写了！也许她们快来叫我出去吃饭的时候了！

你的药不要忘记吃，饭少吃些，可以到游泳池去游泳两次，假若身体太弱，到海上去游泳更不能够了。祝好！

别的朋友也都祝好！

莹　七月二十一日

日本东京——上海

（1936年12月15日发）

三郎：

我没有迟疑过，我一直是没有回去的意思，那不过偶尔说着玩的。至于有一次真想回去，那是外来的原因，而不（是）我自己的自动。

大概你又忘了，夜里又吃东西了吧？夜里在外国酒店喝酒，同时也要吃点下酒的东西的，是不是？不要吃，夜里吃东西在你很不合适。

你的被子比我的还薄，不用说是不合用的了，连我的夜里也是凉凉的。你自己用三块钱去买一张棉花，把你的被子带到淑奇家去，请她替你把棉花加进去。如若手头有钱，就到外国店铺买一张被子，免得烦劳人。

我告诉你的话，你一样也不做，虽然小事，你就总使我不安心。

身体是不很佳，自己也说不出有什么毛病，沈女士近来一见到就说我的面孔是膨胀的，并且苍白。我也相信，也不大相信，因为一向是这个样子，就没希奇了。

前天又重头痛一次，这虽然不能怎样很重的打击了我（因为痛惯了的原故），但当时那种切实的痛苦无论如何也是真切的感到。算来头痛已经四五年了，这四五年中头痛药，不知吃了多少。当痛楚一来到时，也想赶快把它医好吧，但一停止了痛楚，又总是不必了。因为头痛不至于死，现在是有钱了，连这样小病也不得了起来，不是连吃饭的钱也刚刚不成问题吗？所以还是不回去。

人们都说我身（体）不好，其实我的身（体）是很好的，若换一个人，给他四五年间不断的头痛，我想不知道他的身体还好不好？所以我相信我自己是健康的。

周先生的画片，我是连看也不愿意看的，看了就难过。海婴想爸爸不想？

这地方，对于我是一点留恋也没有，若回去就不用想再来了，所以莫如一起多住些日子。

现在很多的话，都可以懂了，即是找找房子，与房东办办交涉也差不多行了。大概这因为东亚学校钟点太多，先生在课堂上多半也是说日本话的。现在想起初来日本的时候，华走了以后的时候，那真是困难到极点了。几乎是熬不住。

珂，既然家有信来，还是要好好替他打算一下，把利害说给他，取决当然在于他自己了，我离得这样远，关于他的情形，我总不能十分知道，上次你的信是问我的意见，当时我也不知为什么他来到了上海。他已经有信来，大半是为了找我们，固然他有他的痛苦，可是找到了我们，能知道他接着就不又有新的痛苦吗？虽然他给我的信上说着“我并不忧于流浪”，而且又说，他将来要找一点事做，以维持生活，我是知道的，上海找事，哪里找去。我是总怕他的生活成问题，又年轻，精神方面又敏感，若一下子挣扎不好，就要失掉了永久的力量。我看既然与家庭没有断掉关系，可以到北平去读书，若不愿意重来这里的话。

这里短时间住住则可，把日语学学，长了是熬不住的，若留学，这里我也不赞成，日本比我们中国还病态，还干苦（枯），这里没有健康的灵魂，不是生活。中国人的灵魂在全世（界）中说起来，就是病态的灵魂，到了日本，日本比我们更病态，既是中国人，就更不应该来到日本留学，他们人民的生活，一点自由也没有，一天到晚，连一点声音也听不到，所有的住宅都像空着，而且没有住人的样子。一天到晚歌声是没有的，哭笑声也都没有。夜里从窗子往外看去，家屋就都黑了，灯光也都被关于板窗里面。日本人民的生活，真是可怜，只有工作，工作得和鬼一样，所以他们的生活完全是阴森的。中国人有一种民族的病态，我们想改正它还来不及，再到这个地方和日本人学习，这是一种病态上再加上病态。我说的不是日本没有可学的，所差的只是他的不健康处也正是我们的不健康处，为着健康起见，好处也只得丢开了。

再说另一件事，明年春天，你可以自己再到自己所愿的地方去消（逍）遥一趟。我就只消（逍）遥在这里了。

礼拜六夜（即十二日）我是住在沈女士住所的，早晨天还未明，就读到了报纸，这样的大变动使我们惊慌了一天，上海究竟怎么样，只有等着你的来信。

新年好。

荣子　十二月十五日

与妻书

林觉民

意映卿卿如晤：

吾今以此书与汝永别矣！吾作此书时，尚是世中一人；汝看此书时，吾已成为阴间一鬼。吾作此书，泪珠和笔墨齐下，不能竟书而欲搁笔，又恐汝不察吾衷，谓吾忍舍汝而死，谓吾不知汝之不欲吾死也，故遂忍悲为汝言之。

吾至爱汝，即此爱汝一念，使吾勇于就死也。吾自遇汝以来，常愿天下有情人都成眷属；然遍地腥云，满街狼犬，称心快意，几家能彀？司马青衫，吾不能学太上之忘情也。语云：仁者“老吾老，以及人之老；幼吾幼，以及人之幼”。吾充吾爱汝之心，助天下人爱其所爱，所以敢先汝而死，不顾汝也。汝体吾此心，于啼泣之余，亦以天下人为念，当亦乐牺牲吾身与汝身之福利，为天下人谋永福也。汝其勿悲！

汝忆否？四五年前某夕，吾尝语曰：“与使吾先死也，无宁汝先我而死。”汝初闻言而怒，后经吾婉解，虽不谓吾言为是，而亦无词相答。吾之意盖谓以汝之弱，必不能禁失吾之悲，吾先死留苦与汝，吾心不忍，故宁请汝先死，吾担悲也。嗟夫！谁知吾卒先汝而死乎？吾真真不能忘汝也！回忆后街之屋，入门穿廊，过前后厅，又三四折，有小厅，厅旁一室，为吾与汝双栖之所。初婚三四个月，适冬之望日前后，窗外疏梅筛月影，依稀掩映；吾与（汝）并肩携手，低低切切，何事不语？何情不诉？及今思之，空余泪痕。又回忆六七年前，吾之逃家复归也，汝泣告我："望今后有远行，必以告妾，妾愿随君行。"吾亦既许汝矣。前十余日回家，即欲乘便以此行之事语汝，及与汝相对，又不能启口，且以汝之有身也，更恐不胜悲，故惟日日呼酒买醉。嗟夫！当时余心之悲，盖不能以寸管形容之。

吾诚愿与汝相守以死，第以今日事势观之，天灾可以死，盗贼可以死，瓜分之日可以死，奸官污吏虐民可以死，吾辈处今日之中国，国中无地无时不可以死，到那时使吾眼睁睁看汝死，或使汝眼睁睁看吾死，吾能之乎？抑汝能之乎？即可不死，而离散不相见，徒使两地眼成穿而骨化石，试问古来几曾见破镜能重圆？则较死为苦也，将奈之何？今日吾与汝幸双健。天下人不当死而死与不愿离而离者，不可数计，钟情如我辈者，能忍之乎？此吾所以敢率性就死不顾汝也。吾今死无余憾，国事成不成自有同志者在。依新已五岁，转眼成人，汝其善抚之，使之肖我。汝腹中之物，吾疑其女也，女必像汝，吾心甚慰。或又是男，则亦教其以父志为志，则吾死后尚有二意洞在也。幸甚，幸甚！吾家后日当甚贫，贫无所苦，清静过日而已。

吾今与汝无言矣。吾居九泉之下遥闻汝哭声，当哭相和也。吾平日不信有鬼，今则又望其真有。今是人又言心电感应有道，吾亦望其言是实，则吾之死，吾灵尚依依旁汝也，汝不必以无侣悲。

吾平生未尝以吾所志语汝，是吾不是处；然语之，又恐汝日日为吾担忧。吾牺牲百死而不辞，而使汝担忧，的的非吾所忍。吾爱汝至，所以为汝谋者惟恐未尽。汝幸而偶我，又何不幸而生今日中国！吾幸而得汝，又何不幸而生今日之中国！卒不忍独善其身。嗟夫！巾短情长，所未尽者，尚有万千，汝可以模拟得之。吾今不能见汝矣！汝不能舍吾，其时时于梦中得我乎！一恸！

辛未三月廿六夜四鼓，意洞手书。

家中诸母皆通文，有不解处，望请其指教，当尽吾意为幸。

三

以艺术的眼去看女人

我对你的迷恋穿梭在这广袤的夜空，你的梦如轻纱，缓缓掠过我满布皱纹的额头。体温隔着房间相互交融，你在均匀地呼吸，我在寂静中劳作。

真情转换了我的生活方向

陆小曼

今天是志摩四十岁的纪念日子，虽然什么朋友亲戚都不见一个，但是我们两个人合写的日记却已送了最后的校样来了。为了纪念这部日记的出版，我想趁今天写一篇序文，因为把我们两个人呕血写成的日记在这个日子出版，也许是比一切世俗的仪式要有价值、有意义得多。

提起这两部日记，就不由得想起当时摩对我说的几句话，他叫我“不要轻看了这两本小小的书，其中哪一字、哪一句不是从我们热血里流出来的？将来我们年纪老了，可以把它放在一起发表，你不要怕羞，这种爱的吐露是人生不易轻得的”。为了尊重他生前的意见，终于在他去世后五年的今天，大胆的将它印在白纸上了，要不是他生前说过这种话，为了要消灭我自己的痛苦，我也许会永远不让它出版的。其实关于这本日记也有些天意在里边。说也奇怪，这两本日记本来是随时随刻他都带在身边的，每次出门，都是先把它们放在小提包里带了走，唯有这一次他匆促

间把它忘掉了。看起来不该消灭的东西是永远不会消灭的，冥冥中也自有人在支配着。

关于我和他认识的经过，我觉得有在这里简单述说的必要，因为一则可以帮助读者在这两部日记和十数封通信之中，获得一些故事上的连续性；二则也可以解除外界对我们俩结合之前和结合之后的种种误会。

在我们初次见面的时候（说来也十年多了），我是早已奉了“父母之命，媒妁之言”同别人结婚了，虽然当时也痴长了十几岁的年龄，可是性灵的迷糊竟和稚童一般。婚后一年多才稍懂人事，明白两性的结合不是可以随便听凭别人安排的，在性与思想上不能相谋而勉强结合是人世间最痛苦的一件事。当时因为家庭间不能得着安慰，我就改变了常态，埋没了自己的意志，葬身在热闹生活中去忘记我内心的痛苦。又因为我娇慢的天性不允许我吐露真情，于是直着脖子在人面前唱戏似的唱着，绝对不肯让一个人知道我是一个失意者，是一个不快乐的人。这样的生活一直到无意间认识了志摩，叫他那双放射神辉的眼睛照彻了我内心的肺腑，认明了我的隐痛，更用真挚的感情劝我不要再在骗人欺己中偷活，不要自己毁灭前程，他那种倾心相向的真情，才使我的生活转换了方向，而同时也就跌入了恋爱了。于是烦恼与痛苦，也跟着一起来。

为了家庭和社会都不谅解我和志摩的爱，经过几度的商酌，便决定让摩离开我到欧洲去作一个短时间的旅行；希望在这分离的期间，能从此忘却我——把这一段姻缘暂时的告一个段落。这一种办法，当然是不得已的，所以我们虽然大家分别时讲好不通音信，终于我们都没有实行（他到欧洲去后寄来的信，一部分收在这部书里）。他临去时又要求我写一本当信写的日记，让他回国后看看我生活和思想的经过情形，我送了他上车后回到家里，我就遵命的开始写作了。这几个月里的离情是痛在心头、恨在脑底的。究竟血肉之体敌不过日夜的摧残，所以不久我就病倒了。在我的日记的最后几天里，我是自认失败了，预备跟着命运去漂流，随着别人去支配；可是一

到他回来，他伟大的人格又把我逃避的计划全部打破。

于是我们发现“幸福还不是不可能的”。可是那时的环境，还不容许我们随便的谈话，所以摩就开始写他的“爱眉小札”，每天写好了就当信般的拿给我看，但是没有几天，为了母亲的关系，我又不得不到南方来了。在上海的几天我也碰到过摩几次，可惜连一次畅谈的机会都没有。这时期摩的苦闷是在意料之中的，读者看到“爱眉小札”的末几页，也要和他同感吧！

我在上海住了不久，我的计划居然在一个很好的机会中完全实现，我离了婚就到北京来寻摩，但是一时竟找不到他。直到有一天在《晨报》副刊上看到他发表的《迎上前去》的文章，我才

知道他做事的地方。而这篇文章中的忧郁悲愤，更使我看了急不及待的去找他，要告诉他我恢复自由的好消息。那时他才明白了我，我也明白了他，我们不禁相视而笑了。

以后日子中我们的快乐就别提了，我们从此走入了天国，踏进了乐园。一年后在北京结婚，一同回到家乡，度了几个月神仙般的生活。过了不久因为兵灾搬到上海来，在上海受了几（个）月的煎熬我就染上一身病，后来的几年中就无日不同药炉做伴，连摩也得不着半点的安慰，至今想来我是最对他不起的。好容易经过各种的医治，我才有了复原的希望，正预备全家再搬回北平重新造起一座乐园时，他就不幸出了意外的遭劫，乘着清风飞到

云雾里去了。这一下完了他—也完了我。

写到这儿，我不觉要向上天质问为什么我这一生是应该受这样的处罚的？是我犯了罪吗？何以老天只薄我一个人呢？我们既然在那样困苦中争斗了出来，又为什么半途里转入了这样悲惨的结果呢？生离死别，幸喜我都尝着了。在日记中我尝过了生离的况味，那时我就疑惑死别不知更苦不？好！现在算是完备了。甜、酸、苦、辣，我都尝全了，也可算不枉这一世了。到如今我还有什么可留恋的呢？不死还等什么？这话是现在常在我心头转的。不过有时我偏不信，我不信一死就能解除一切，我倒要等着再看老天还有什么更惨的事来加罚在我的身上！

完了，完了，一切都完了，现在还说什么？还想什么？要是事情转了方面，我变他，他变了我，那时也许读者能多读得些好的文章，多看到几首美丽的诗，我相信他的笔一定能写得比他心里所受的更沉痛些。只可惜现在偏留下了我，虽然手里一样拿着一支笔，它却再也写不出我回肠里是怎样的惨痛，心坎里是怎样的碎裂。空拿着它落泪，也急不出半分的话来。只觉得心里隐隐的生痛，手里阵阵的发颤。反正我现在所受的，只有我自己知道就是了。

最后几句话我要说的，就是要请读者原谅我那一本不成器的日记，实在是难以同摩放在一起出版的（因为我写的时候是绝对不预备出版的）。可是因为遵守他的遗志起见，也不能再顾到我的出丑了。好在人人知道我是不会写文章的，所留下的那几个字，也无非是我一时的感想而已，想着什么就写什么，大半都是事实，就这一点也许还可以换得一点原谅，不然我简直要羞死了。

你为什么不来

许地山

在夭桃开透、浓阴欲成的时候，谁不想伴着他心爱的人出去游逛游逛呢？在密云不飞、急雨如注的时候，谁不愿在深闺中等她心爱的人前来细谈呢？

她闷坐在一张睡椅上，紊乱的心思像窗外的雨点——东抛，西织，来回无定。在有意无意之间，又顺手拿起一把九连环慵懒懒地解着。

丫头进来说：“小姐，茶点都预备好了。”

她手里还是慵懒懒地解着，口里却发出似答非答的声：“……他为什么还不来？”

除窗外的雨声，和她手中轻微的银环声以外，屋里可算静极了！在这幽静的屋里，忽然从窗外伴着雨声送来几句优美的歌曲：

你放声哭，

因为我把林中善鸣的鸟笼住么？

你飞不动，
因为我把空中的雁射杀么？
你不敢进我的门，
因为我家养狗提防客人么？
因为我家养猫捕鼠，
你就不来么？
因为我的灯火没有笼罩，
烧死许多美丽的昆虫，
你就不来么？

你不肯来，

因为我有……

“有什么呢？”她听到末了这句，那紊乱的心就发出这样的问。她心中接着想：因为我约你，所以你不肯来；还是因为大雨，使你不能来呢？

以艺术的眼去看女人

朱自清

白水是个老实人，又是个有趣的人。他能在谈天的时候，滔滔不绝地发出长篇大论。这回听勉子说，日本某杂志上有《女？》一文，是几个文人以“女”为题的桌话的记录。他说，“这倒有趣，我们何不也来一下？”我们说，“你先来！”他搔了搔头发道：“好！就是我先来；你们可别临阵脱逃才好。”我们知道他照例是开口不能自休的。果然，一番话费了这多时候，以致别人只有补充的工夫，没有自叙的余裕。那时我被指定为临时书记，

曾将桌上所说，拉杂写下。现在整理出来，便是以下一文。因为十之八是白水的意见，便用了第一人称，作为他自述的模样；我想，白水大概不至于不承认吧？

老实说，我是个欢喜女人的人；从国民学校时代直到现在，我总一贯地欢喜着女人。虽然不曾受着什么“女难”，而女人的力量，我确是常常领略到的。女人就是磁石，我就是一块软铁；为了一个虚构的或实际的女人，呆呆的想了一两点钟，乃至想了一两个星期，真有不知肉味光景——这种事是屡屡有的。在路上走，远远的有女人来了，我的眼睛便像蜜蜂们嗅着花香一般，直攫过去。但是我很知足，普通的女人，大概看一两眼也就够了，至多再掉一回头。像我的一位同学那样，遇见了异性，就立正——向左或向右转，仔细用他那两只近视眼，从眼镜下面紧紧追出去半日半日，然后看不见，然后开步走——我是用不着的。我们地方有句土话说：“乖子望一眼，呆子望到晚”；我大约总在“乖子”一边了。我到无论什么地方，第一总是用我的眼睛去寻找女人。在火车里，我必走遍几辆车去发见女人；在轮船里，我必走遍全船去发见女人。我若找不到女人时，我便逛游戏场去，赶庙会去，——我大胆地加一句——参观女学校去；这些都是女人多的地方。于是我的眼睛更忙了！我拖着两只脚跟着她们走，往往直到疲倦为止。

我所追寻的女人是什么呢？我所发见的女人是什么呢？这是艺术的女人。从前人将女人比做花，比做鸟，比做羔羊；他们只是说，女人是自然手里创造出来的艺术，使人们欢喜赞叹——正如艺术的儿童是自然的创作，使人们欢喜赞叹一样。不独男人欢喜赞叹，女人也欢喜赞叹；而“妒”便是欢喜赞叹的另一面，正如“爱”是欢喜赞叹的一面一样。受欢喜赞叹的，又不独是女人，男人也有。“此柳风流可爱，似张绪当年，”便是好例；而“美丰仪”一语，尤为“史不绝书”。但男人的艺术气分，似乎总要少些；贾宝玉说得好：男人的骨头是泥做的，女人的骨头是水做的。这是天命呢？还是人事呢？我现在还不得而知；只觉得事实是如此罢了。——你看，目下学绘画的“人体习作”的时候，谁不用了女人做他的模特儿呢？这不是因为女人的曲线更为可爱么？我们说，自有历史以来，女人是比男人更其艺术的；这句话总该不会错吧？所以我说，艺术的女人。所谓艺术的女人，有三种意思：是女人中最为艺术的，是女人的艺术的一面，是我们以艺术的眼去看女人。我说女人比男人更其艺术的，是一般的说法；说女人中最为艺术的，是个别的说法。——而“艺术”一词，我用它的狭义，专指眼睛的艺术而言，与绘画，雕刻，跳舞同其范类。艺术的女人便是有着美好的颜色和轮廓和动作的女人，便是她的容貌，身材，姿态，使我们看了感到“自己圆满”的女人。这里有一块天然的界碑，我所说的只是处女，少妇，中年妇人，那些老太太们，为她们的年岁所侵蚀，已上了凋零与枯萎的路途，在这一件上，已是落伍者了。女人的圆满相，只是她的“人的诸相”之一；她可以有大才能，大智慧，大仁慈，大勇毅，大贞洁等等，但都无碍于这一相。诸相可以帮助这一相，使其更臻于充实；这一相也可帮助诸相，分其圆满于它们，有时更能遮盖它们的缺处。我们之看女人，若被她的圆满相所吸引，便会不顾自己，不顾她的一切，而只陶醉于其中；这个陶醉是刹那的，无关心的，而且在沉默之中的。

我们之看女人，是欢喜而决不是恋爱。恋爱是全般的，欢喜是部分的。恋爱是整个“自我”与整个“自我”的融合，故坚深而久长；欢喜是“自我”间断片的融合，故轻浅而飘忽。这两者都是生命的趣味，生命的姿态。但恋爱是对人的，欢喜却兼人与物而言。——此外本还有“仁爱”，便是“民胞物与”之怀；再进一步，“天地与我并生，万物与我为一”，便是“神爱”，“大爱”了。这种无分物我的爱，非我所要论；但在此又须立一界碑，凡伟大庄严之像，无论属人属物，足以吸引人心者，必为这种爱；而优美艳丽的光景则始在“欢喜”的阈中。至于恋爱，以人格的吸引为骨子，有极强的占有性，又与二者不同。Y君以人与物平分恋爱与欢喜，以为“喜”仅属物，“爱”乃属人；若对人言“喜”，便是蔑视他的人格了。现在有许多人也以为将女人比花，比鸟，比羔羊，便是侮辱女人；赞颂女人的体态，也是侮辱女人。所以者何？便是蔑视她们的人格了！但我觉得我们若不能将“体态的美”排斥于人格之外，我们便要慢慢的说这句话！而美若是一种价值，人格若是建筑于价值的基石上，我们又何能排斥那“体态的美”呢？所以我以为只须将女人的艺术的一面作为艺术而鉴赏它，与鉴赏其他优美的自然一样；艺术与自然是“非人格”的，当然便说不上“蔑视”与否。在这样的立场上，将人比物，欢喜赞叹，自与因袭的玩弄的态度相差十万八千里，当可告无罪于天下。——只有将女人看作“玩物”，才真是蔑视呢；即使是在所谓的“恋爱”之中。艺术的女人，是的，艺术的女人！我们要用惊异的眼去看她，那是一种奇迹！

我之看女人，十六年于兹了，我发见了一件事，就是将女人作为艺术而鉴赏时，切不可使她知道；无论是生疏的，是较熟悉的。因为这要引起她性的自卫的羞耻心或他种嫌恶心，她的艺术味便要变稀薄了；而我们因她的羞耻或嫌恶而关心，也就不能静观自得了。所以我们只好秘密地鉴赏；艺术原来是秘密的呀，自然的创作原来是秘密的呀。但是我所欢喜的艺术的女人，究竟是怎样的呢？您得问了。让我告诉您：我见过西洋女人，日本女人，江南江北两个女人，城内的女人，名闻浙东西的女人；但我的眼光究竟太狭了，我只见过不到半打的艺术的女人！而且其中只有一个西洋人，没有一个日本人！那西洋的处女是在Y城里一条僻巷的拐角上遇着的，惊鸿一瞥似地便过去了。其余有两个是在两次火车里遇着的，一个看了半天，一个看了两天；还有一个是在乡村里遇着的，足足看了三个月。——我以为艺术的女人第一是有她的温柔的空气；使人如听着箫管的悠扬，如嗅着玫瑰花的芬芳，如躺着在天鹅绒的厚毯上。她是如水的密，如烟的轻，笼罩着我们；我们怎能不欢喜赞叹呢？这是由她的动作而来的；她的一举步，一伸腰，一掠鬓，一转眼，一低头，乃至衣袂的微扬，裙幅的轻舞，都如蜜的流，风的微漾；我们怎能不欢喜赞叹呢？最可爱的是那软软的腰儿；从前人说临风的垂柳，《红楼梦》里说晴雯的“水蛇腰儿”，都是说腰肢的细软的；但我所欢喜的腰呀，简直和苏州的牛皮糖一样，使我满舌头的甜，满牙齿的软呀。腰是这般软了，手足自也有飘逸不凡之概。你瞧她的足胫多么丰满呢！从膝关节以下，渐渐的隆起，像新蒸的面包一样；后来又渐渐渐渐地缓下去了。这足胫上正罩着丝袜，淡青的？或者白的？拉得紧紧的，一些儿绉纹没有，更将那丰满的曲线显得丰满了；而那闪闪的鲜嫩的光，简直可以照出人的影子。你再往上瞧，她的两肩又多么亭匀呢！像双生的小羊似的，又像两座玉峰似的；正是秋山那般瘦，秋水那般平呀。肩以上，便到了一般人讴歌颂赞所集的“面目”了。我最不能忘记的，是她那双鸽子般的眼睛，伶俐到像要立刻和人说话。在惺忪微倦的时候，尤其可喜，因为正像一对睡了的褐色小鸽子。和那润泽而微红的双颊，苹果般照耀着的，恰如曙色之与夕阳，巧妙的相映衬着。再加上那覆额的，稠密而蓬松的发，像天空的乱云一般，点缀得更有情趣了。而她那甜蜜的微笑也是可爱的东西；微笑是半开的花朵，里面流溢着诗与画与无声的音乐。是的，我说的已多了；我不必将我所见的，一个人一个人分别说给你，我只将她们融合成一个Sketch给你看——这就是我的惊异的型，就是我所谓艺术的女子的型。但我的眼光究竟太狭了！我的眼光究竟太狭了！

在女人的聚会里，有时也有一种温柔的空气；但只是笼统的空气，没有详细的节目。所以这是要由远观而鉴赏的，与个别的看法不同；若近观时，那笼统的空气也许会消失了的。说起这艺术的“女人的聚会”，我却想着数年前的事了，云烟一般，好惹人怅惘的。在P城一个礼拜日的早晨，我到一所宏大的教堂里去做礼拜；听说那边女人多，我是礼拜女人去的。那教堂是男女分坐的。我去的时候，女座还空着，似乎颇遥遥的；我的遐想便去充满了每个空座里。忽然眼睛有些花了，在薄薄的香泽当中，一群白上衣，黑背心，黑裙子的女人，默默的，远远的走进来了。我现在不曾看见上帝，却看见了带着翼子的这些安琪儿了！另一回在傍晚的湖上，暮霭四合的时候，一只插着小红花的游艇里，坐着八九个雪白雪白的白衣的姑娘；湖风舞弄着她们的衣裳，便成一片浑然的白。我想她们是湖之女神，以游戏三昧，暂现色相于人间的呢！第三回在湖中的一座桥上，淡月微云之下，倚着十来个，也是姑娘，朦朦胧胧的与月一齐白着。在抖荡的歌喉里，我又遇着月姊儿的化身了！——这些是我所发见的又一型。

是的，艺术的女人，那是一种奇迹！

家庭，女人们踏进了归宿的窝巢

林语堂

在中国什么事情都是可能的。著者有一次尝到苏州乡下去游玩一番，却让女人家抬了藤轿把我抬上山去。这些女轿夫拼命着要把我这臭男子抬上山去，那时我倒有些恧颜，没了主意，只得忸怩地让她们抬了这么一程。因为我想此辈是古代中国女权族长的苗裔，而为南方福建女人的姊妹。福建女人有着笔挺的躯干，堂堂的胸膛，她们扛运着煤块，耕种着农田，黎明即起，盥洗沐发，整理衣裳，把头发梳得清清净净，然后出门工作，间复抽暇回家，把自己的乳水喂哺儿女。她们同样也是那些豪富女人统治着家庭统治着丈夫者的女同胞。

女人在中国曾否真受过压迫？这个疑问常常盘桓于我的脑际。权威盖世的慈禧大后的幻影马上浮上了我的心头，中国女人不是那么容易受人压迫的女性。女人虽曾受到许多不利的待遇，盖如往时妇女不得充任官吏，然她们仍能引用其充分权力以管理一个家一除掉那些荒淫好色之徒的家庭是例外，那里的女子真不过被当作一种玩物看待。即使在这等家庭中，小老婆也往往还能控驭老爷们。更须注意者，女子尝被剥夺一切权利，但她们从未被剥夺结婚的权利。凡生于中国的每一个姑娘，都有一个自己的“家”替她们准备着。社会上坚决的主张，即如奴婢到了相当年龄，也应该使之择偶。婚姻为女子在中国惟一不可动摇的权利，而由于享受这种权利的机会，她们用妻子或母亲的身份，作为掌握权力的最优越的武器。

此种情形可使两面观，男子虽无疑的尝以不公平态度对待女子，然有趣的倒是许多女子偏会采取报复手段者。妇女的处于从属地位，乃为一般的认女人为低能的结果，但同时也由于女子的自卑态度，由于她们的缺乏男子所享受的社会利益，由于她们的教育与知识的比较浅薄，由于她们的低廉而艰难与缺乏自由的生活，更由于她们的双重性本位一妻妾。妇女的痛苦，差不多是一种不可明见的隐痛，乃为普遍的把女性认作低能的结果。倘值夫妇之间无爱情可言，或丈夫而残暴独裁，在此场合，妻便没有其他补救的手段，只有逆来顺受。妇女之忍受家庭专制的压迫，一如一般中国人民之能耐政治专制的压迫。但无人敢说中国之专制丈夫特别多，而快乐婚姻特别少，其理由下面即可见之。妇女的德行总以不健谈不饶舌为上，又不要东家西家地乱闯闲逛，又不宜在街头路侧昂首观看异性。但是有许多女人却是生来格外饶舌，有许多女人便是喜欢东家西家地乱闯，有许多女人偏不客气地站立街道上观看男人。女子总被期望以保守贞操而男子则否。但这一点并不感觉有甚么困难，因为大部分女人是天生的贞节者，她们缺乏社交的利益，如西洋妇女所享受者。但是中国妇女既已习惯了这种生活，她们也不甚关心社交的集会，而且一年之间，也少不了有相当胜时令节，好让她们露露头面，欣赏一番社会活动的欢娱景象，或则在家庭内举行宴会，也可以尽情畅快一下。总之，她们除了在家庭以内的活动，其他一切都属非主要任务，在家庭中，她们生活行动有她们的快活自由。故肩荷兵器以警卫市街之责任，亦非她们所欲关心者。

在家庭中，女人是主脑。现代的男子大概没有人会相信莎士比亚这样说法："水性杨花啊！你的名字便是女人。"莎翁在他自己的著作中所描写的人物李尔王的女孩和克利奥潘曲拉（Cleopatra）所代表者，便否定了上述的说法。倘把中国人的生活再加以更精密的观察，几可否定流行的以妇女为依赖的意识。中国的慈禧太后，竟会统治偌大一个国家，不问咸丰皇帝的生前死后。至今中国仍有许多慈禧太后存在于政治家的及通常平民的家庭中，家庭是她们的皇座，据之以发号施令，或替她儿孙判决种种事务。

凡较能熟悉中国人民生活者，则尤能确信所谓压迫妇女乃为西方的一种独断的批判，非产生于了解中国生活者之知识。所谓"被压迫女性"这一个名词，决不能适用于中国的母亲身份和家庭中至高之主脑。任何人不信吾言，可读读《红楼梦》，这是中国家庭生活的纪事碑。你且看看祖母贾母的地位身份，再看凤姐和她丈夫的关系，或其他夫妇间的关系（如父亲贾政和他的夫人，允称最为正常的典型关系），然后明白治理家庭者究为男人抑或女人。几位欧美的女性读者或许会妒忌老祖母贾老太太的地位，她是阖家至高无上的荣誉人物，受尽恭顺与礼教的待遇。每天早晨，许多媳妇必趋候老太太房中请安，一面请示家庭中最重要事务。那么就是贾母缠了一双足，隐居深闺，有什么关系呢？那些看门的和管家的男性仆役，固天天跑腿，绝非贾母可比。或可细观《野叟曝言》中水夫人的特性，她是深受儒教熏陶的一个主要角色。她受过很好的教育而为足以代表儒家思想的模范人物，在全部小说中，她无疑又为地位最崇高的一人。只消一言出口，可令她的身为卿相的儿子下跪于她的面前，而她一方面运用着无穷智慧，很精细的照顾全家事务，有如母鸡之护卫其雏群。她的处理事务用一种敏捷而慈祥的统治权，全体媳妇是她的顺从的臣属。这样的人物或许是描摹过分了一些，但也不能当作完全虚构。不差，阃以内，女子主之。阃以外，男子主之，孔夫子曾经明白地下过这样分工的定则。

女人家也很明白这些。就在今日上海百货商店里的女售货员，还有着一付妒嫉的眼光侧视那些已经出嫁的女人，瞧着她们手挽肥满的钱袋，深愿自身是买客而不复是售货员。有时她们情愿替婴孩结织绒线衫裤而不复是盘数现金找头、穿着高跟鞋赓续站立八小时之久，那真是太长久而疲倦的工作。其中大多数都能本能地明了什么是比较好的事情。有的甘愿独立，但这所谓独立，在一个男子统治权的社会里存在的事实不多。善于嘲笑的幽默家不免冷笑这样的“独立”。天生的母性欲望—无形、无言、猛厉而有力的欲望，充满了她们的整个躯体。母性的欲望促起化妆的需要，都是那么无辜，那么天然，那么出于本能；她们从仅足以糊口的工薪中积蓄下来，只够买一双她们自己所售卖的丝袜。她们愿意有一个男朋友送些礼物给她们，或许她们会暗示地，羞答答地请求他们，一方面还要保全她们的自重的身份，中国姑娘本质地是贞洁的，为什么不可请求男人家买些礼物送她呢？她们还有什么别的方法购买丝袜呢？这是本能告诉她们是爱情上的必需品。人生是一大谜！她们的悟性再清楚没有，她们很愿意终身只有一个人购买礼物给她。她们希望结婚，她们的直觉是对的。那么婚姻上有什么不对，保护母性又有什么不对？

结合了家庭，女人们踏进了归宿的窝巢。她们乃安心从事于缝纫与烹调。可是现在江浙中等人家女人倒不事烹调与缝纫，因为男子在她们自己的圈地上打倒了她们，而最好的缝工和司厨是男人而不是女人。男子大概将在其他事业上继续排挤她们，除了结婚是惟一的例外。因为男子在任何方面所可获得的机会、便利远优于女子，只有结婚为否。至于婚姻分内，女子所可获得的便利，优于男子，这一点她们看得很清楚。任何一个国家中，女人的幸福，非依赖乎她们所可能享受的社交机会之众多，却有赖乎跟她们终身作伴的男人的品质。女人的受苦，多出于男人的暴戾粗鲁过于男人的不够公民投票资格。倘男人而天生的讲情理，脾气好，慎思虑，女人便不致受苦。此外，女人常挟有“性”的利器，这对于她们有很广的用途。这差不多是天所予以使她们获得平等的保证。每一个人，上自君王，下至屠夫，烘饼司务，制烛工人，都曾经责骂过他的妻子而亦曾受过妻子的责骂。因为天命注定男人和女人必须以平等身份相互亲密着。人生某种基本关系像夫妇之间的关系，各个不同的国家民族之间，所差异的程度至微；远非如一般读了游历家的记述所想像的。西洋人很容易想像中国人的妻子当作像驴子样的供丈夫作奴隶。其实普通中国男子是公平的讲情理的人物。而中国人则容易想像认为西洋人因为从未领受过孔子学说思想的洗礼，所以西洋妻子不关怀丈夫的衣服清洁与果腹事宜，终日身穿宽薄衬裤，逍遥海滩之上，或纵乐于不断的跳舞会中。这些天方野乘、异域奇闻，固为双方人民茶余酒后之闲谈资料；而人情之真相反忘怀于度外。

那么实际生活上，女人究并未受男人之压迫。许多男人金屋藏娇，逢着河东狮吼，弄得在女人之间东躲西避，倒才真是可怜虫。此另外有一种不可思议的性的吸引力，使各等亲属的异性之间不致嫌恶过甚，是以女人倒不受丈夫或公公的压迫；至于姑嫂之间，系属平辈，纵令彼此不睦，不能互相欺侮。所剩留的惟一可能事实，是为媳妇之受婆婆虐待，这实在是常遇的事情。中国大家庭中，媳妇的生活，负着许多责任，实在是一种艰难的生活。不过应该注意的是：婚姻在中国不算是个人的事件，而为一个家族整体的事件，一个男人不是娶妻子，而是娶一房媳妇，习惯语中便是如此说法。至若生了儿子，习惯语中多说是“生了孙子”。一个媳妇是以对翁姑所负的义务较之对丈夫所负者为重大。盛唐诗人王建尝有一首咏新嫁娘绝句，真是足以引起人类共鸣的传神的笔墨：

> 三日入厨下，洗手作羹汤。
> 未谙翁食性，先遣小姑尝。

一个女人能取悦于一个男子，是一种珍贵的努力，至能取悦于另一女人，不啻为一种英勇的行为，所惜许多是失败的。做儿子的，介乎尽孝于父母与尽爱于妻子二者之间，左右为难，从不敢大胆替妻子辩护。实际上许多虐待女人的残酷故事，都可以寻索其根源系属一种同性间的虐待。不过后来媳妇也有做婆婆的日子，倘她能达到这个久经盼望的高龄，那实在是荣誉而有权力的身份，由一生辛苦中得来的。

女人只是渴望恬静安稳的一生

叔本华

席勒的《女性的尊严》一诗，韵律优美，对仗工整，颇能扣人心弦，是一篇很成熟的作品。但在我看来，赞美女性最中肯、最妥当的，还是朱伊（法国作家）所写的那几句话。他说："倘若没有女性，我们生命的起点将失去被扶持的力量；中年失去欢乐；老年失去安慰。"拜伦在他的剧作《萨丹那帕露斯》里也曾对女性发出感人至深的赞美：

> 人类呱呱坠地之始，就必须依靠女性的乳房才能不断成长，婴儿的牙牙学语亦出自女性之口的传授，我们最初的眼泪是女性给我们抑止，我们的最后一口气通常也是在女性身旁吐出来……（第1幕第2场）

以上二人所言都能真切、具体、传神地道出女性的价值所在。显然，就女性的外观和内在精神来说，她们常常不能承担肉体上的剧烈劳动，这是由于她们在行动上不能承担“人生的债务”，因此，造物者故意将一些受苦受难的事情加诸女性身上以求补偿，诸如分娩的痛苦、对于子女的照顾、对丈夫的服从等——很微妙的，女性对丈夫常常有一种超常的忍耐力。女性很少表现出强烈的悲哀、欢喜或其他强烈的力量，所以，从本质上说，她们的生活无所谓比男人幸或者不幸，她们只是渴望恬静、安稳的一生。

女性最适合担任养育婴儿及教育孩子的工作，为什么呢？因为女性本身就像个孩子，既浅见又愚蠢——一句话，她们的思想介于男性成人与孩子之间。一个少女能和孩子通过唱歌、跳舞、嬉戏等方式来度过一整日的时光。如果换个男人，即使他能耐下心来做这种事，但各位不妨想想看，那将会是一幅怎样的画面？

造物者似乎把戏剧中所谓的“惊人效果”用在了年轻女性的身上。造物主赐予她们的财富只有短短几年的美丽，以及暂时的丰满和魅力，到最后，甚至透支她们日后所有的姿色。因此在这短短的几年里，她们能够俘获男人的感情，让男人承诺对她们的爱护——直到死亡。因为欲望促使男人动心直到做出承诺，只靠理性的成熟还不能保证其有效。所以，上苍创造女人和创造万物一样，使用经济手段，只有在生存必需时才给予她（它）们需用的武器或器械。比如，雌蚁在交合以后便丧失翅翼，因为翅膀已经成了多余，而且将给产卵与抚养带来一种威胁；同样的，一名女性在生下几个孩子以后，往往也就丧失了美丽、娇艳。

因此，在年轻女性们的心里，家务及其他女工也就成了次要的工作，甚至只是当成一种游戏罢了。她们唯一思虑的，只不过是如何恋爱、如何俘获男性，以及与之相关的事情而已，诸如化妆、跳舞，等等。

宇宙中的一切事物，越是优秀、高等，他们达到成熟的时间就来得越迟。在二十八岁以前，男性的理智与精神能力成熟的并不多见，女性却在十八九岁时就已进入了成熟期。虽说是“成熟”，在理性方面她们仍表现得非常薄弱，因此，女性一辈子都只能像个孩子，她们往往只看重眼前利益，执着于现实，思维也只是流于表面而不能深入，不注重大是大非问题，只喜欢跟那些无关紧要的小事较劲。

人，不同于一般动物，只满足于生存在“现在”，人类有理性，通过它，能够检讨过去而瞻望未来。人类的远见、悬念以及烦闷等都是因理性而生。由于女性的理性非常薄弱，因此那些因理性而生的利与弊，也比男性少得多。不，应该说女性是精神上的近视者，这样更准确。

她们直觉的理解力，对身边事物的观察力非常敏锐，但远距离的事物却无法入目。因此，凡是不在她们视野之内的，不管是有关过去还是有关未来的，她们都漠不关心。虽然男性身上也存在这种现象，但没有女性那么普遍，况且她们严重的程度有的已近乎疯狂。女性的浪费癖就是基于这一心理，在她们的心中，赚钱是男性的本分，而尽力花掉这些钱（在丈夫未逝前或去世后）就是她们应尽的义务。尤其是，为了家庭生活丈夫把薪资交给她们保管以后，更坚定了她们的这个信念。

当然，上述的做法和观念存在诸多弊端，不过也具有一些优点，由于女性是活于现实的，因此她们知晓及时行乐的道理，看

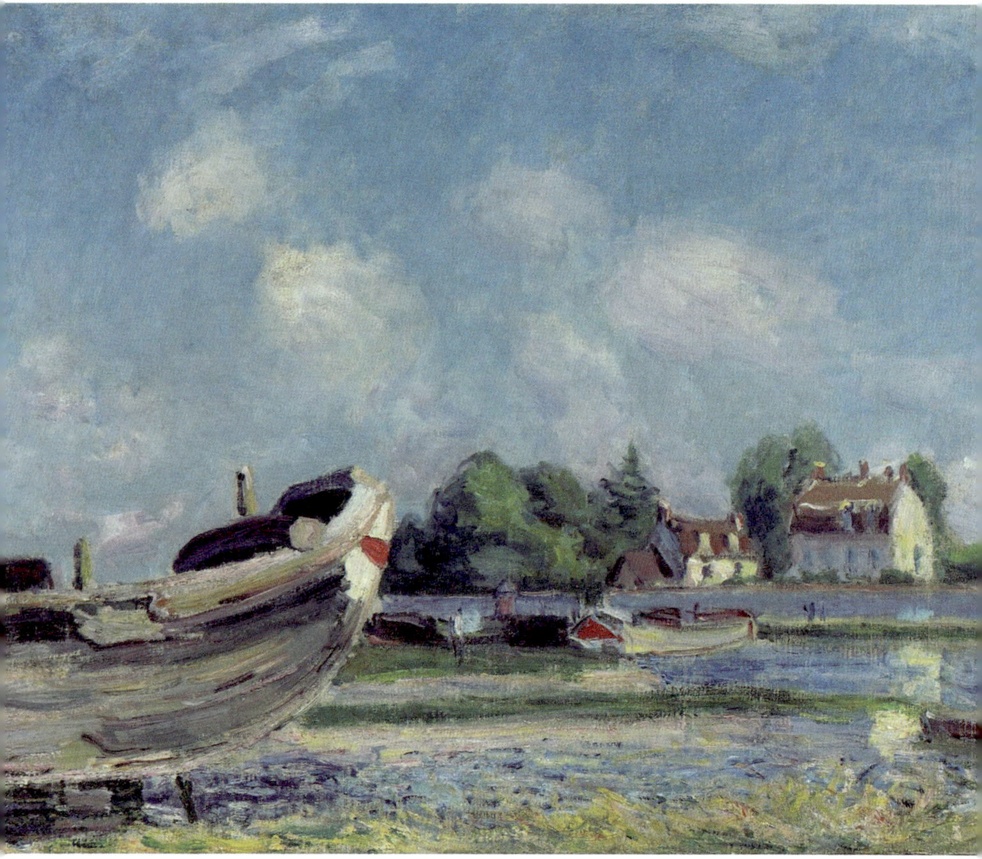

着整日劳苦的丈夫，她们不免于心不忍，为了调节丈夫的身心，必要时还会千方百计给丈夫以各种慰藉，增加生活的情趣。

古日耳曼民族有一个风俗，就是在男人们遭遇困难时，总是会屈尊求教于妇女，这样做无可非议。为什么呢？主要因为女

人对于事物的理解方法与男人完全不同，最明显的是，她们眼里只有距离近的事物，做事情通常会选择离目标最快捷的路径。而男人在看待眼前事物时，最初是毫不在意地一晃而过，但想来想去，绕了几个弯儿，最终得到出的结论重点仍在眼前的事物上。而且，大致上说，女子果断，比较冷静，对于事物的见解，只存在于当前事实，思绪单纯，不会被那些纷乱复杂的思想所干扰。而男人则不然，如果激动起来，常常把存在的事物加以扩大或想象，结果要么把小事闹大要么钻进牛角尖。

女性比男性更具怜悯之心，因此，对于那些遭遇不幸的人，她们易于表现出包含仁爱与同情的言行。但因为现实的心理，关于诚实、正直、正义感等德行却比男人差。这是由于女人理性的薄弱，因此只有现实、具体、直观的事物能在她们身上激起力量，对于与此完全相反的抽象思想、常在的名言或那些关于过去、未来或远隔的各种事

物，女人完全无法顾及。因此，她们虽然天生具有那些德性，却无法发挥展开。就这一方面来说，女性完全可以与有肝脏但无胆囊的生物相比了。由此，我们就发现了女性最根本的、最大的缺陷——不正。

这个缺陷同样要归咎于理性的欠成熟，女性是弱者，她们没有被恩赐雄浑的力量，造物者就赐予她们一项法宝——“狡计”。她们天生就有虚伪、谲诈的本领，这就是上苍的奇妙安排，就像狮子有利齿和锐爪、牛有角、象有牙、乌贼有墨汁一样，造物者让男人具有强健的体魄与理性，也赋予女性以防卫武装的力量，那就是佯装的力量。虚伪与佯装，可以被称作是女性的天性，即便是淑女，与愚妇相比，也没多大的差别。因此她们尽可能地利用机会，借助这一力量，实际上，这就像上述动物遭受外界攻击时使用它的武器那样，是天经地义、自然而然的事。从某种程度上说，她们认为这样做就像是在行使自己手中的权力一样。因此，几乎没有绝对诚实、没有一点儿虚伪的女性。

女性对于他人的虚假极易被发觉，所以，我们千万别拿虚伪去回报女人。因为她们存在

这一根本缺陷，于是不贞、背信、虚伪、忘恩等毛病相继出现，法庭上的“伪证”，女性远比男子做得多。因此，对于女性发誓赌咒之类的行为，其真实性如何，实在有待推敲——我们不是常常听到一些雍容华贵的妇人在商店里居然做起了顺手牵羊的三只手的勾当吗？

为了人类的繁衍生息，为了避免种族的退化，那些强壮、年轻而又俊美的男性，应造物者的召唤现身而出。这是一种自然而坚不可破的意志，被女性视为一种激情。从古至今，这种法则一直凌驾于其他法则之上，因此，男性的权利和利益一旦与它相违背，必然遭殃，在那“一见钟情”的一刻，他的一言一行就会分崩离析。因为在女性潜意识的、不形之于外的、神秘的、与生俱来的道德中早已认定：“我们女性天生具有对于那些只知谋取私利、妄图霸占种族权利的男性行使欺骗的权利。

种族的构成与幸福，关系到我们的后代，这全靠我们女性的养育与照顾。我们顺应本心去履行我们的义务吧！”对于这个最高原则，女性不只是抽象的意识，还暗藏着对具体事实的意识，因此一旦机会来临，除了付诸行动外，没有别的方法了。在她们这样做时，其内心超乎我们想象的平静，因为在她们心灵深处早已意识到种族的权利远比个体大，随意更应为种族尽义务，尽管个体的义务可能会因此遭受侵害。

总之，女性就是为了繁衍种族后代而存在的。她们的天性

也是应此而生的，因此，她们甘心为种族牺牲个体，她们的思维也常常侧重于种族方面的事情。也因为这样，她们的性情和行为被赋予了某种轻佻的色彩，具有和男性截然不同的倾向。这在婚姻生活中可见一斑，不，人们常说的夫妻不和谐，差不多就在于此吧。

男人之间可以随随便便地相处下去，女性之间似乎生来就相互敌视。商场中那种 “同行相嫉”的心理，对男人来说，只会在某一特殊情形下才可能出现嫌隙，而女性则具有一种独占市场的心理，因此所有女性都成了她仇视的对象，即便是在路上相遇，也好像Guelfs党徒碰面。只有理性被性欲蒙蔽了的男人才会把“美丽天使”这个头衔用在那些矮小、瘦肩、肥臀而又短腿的女人身上，因为女性之美通常只存在于性欲之中。

与其说她们漂亮，不如说她们毫无美感更加准确。不管是对于音乐、诗歌还是美术，她们都没有丝毫真情实感。或许她们会表现出一副用心欣赏、非常在行的样子，那也只是为了迎合他人的一个幌子罢了。总之，女人对这些事情，绝对不会以客观性介入，在我看来，这是因为：男人

对待任何事情都是靠智慧或理性，尽力去理解它们或者亲手征服它们；而女性不管何时何地，都是通过丈夫的这层关系来间接支配一切，因此她们天生具有一种支配丈夫的能力。她们生来就有一种固执的观念——一切以俘获丈夫为中心。女性做出关心其他事物的态度，其实那只是在伪装，是为达到目的而进行的迂回战术，说到底不过是在模仿或献媚罢了。卢梭在写给达兰倍尔（法国哲学家、数学家）的信中曾说："一般女子对所有艺术都没有真正的热爱和真正的理解，同时，对于艺术来说，她们也没有什么天赋。"

这话说得太对了。比如在音乐会或歌剧表演等场合，我们可以仔细观察下普通女性的"欣赏"态度，即使是最伟大的杰作，即使是演唱到了最精彩的时刻，她们依然像个孩子似的叽叽咕咕，不知聊些什么。据说古希腊人曾有严禁妇女观剧的规定，如果这是真的，倒是非常可行，至少能让我们在观剧时不会受到干扰，可以多欣赏一会儿，甚至能领悟一点儿什么出来。我们确实有必要在"妇女在教会中要肃静"（见于哥林多前书16节之24）这一规则后面再加上一条，那就是："妇女在剧院中要肃静"。

除此，我们实在不能对女性有太多奢望。就拿美术来说吧。从绘画的技法上看，男女一样适合，但有史以来，即便最优秀的女性在这方面也没有产生任何一项具有独创性或真正伟大的成就，而在其他方面，她们也没有给世界做出什么具有永恒价值的

贡献。

表面看来女人们对绘画非常热衷，可是为什么不能创作出优秀作品呢？“精神的客观化”是绘画的重要因素之一，而女性凡事皆易陷入主观，正由于这个不足，因此普通女性对绘画都没有多少领悟性，连这个基本条件都不具备，自然不会有什么作为了。三百年前的哈尔德（马德里医学家和作家）在他的佳作《对于科学的头脑试验》中，就曾断言过：“女性不具备一切高等的能

力。”除了个别特殊情形以外，这是绝对的的事实。

大体而言，女性实在是俗不可耐，她们一生都摆脱不掉平凡庸俗的环境和生活。所以，妻子和丈夫共享身份与称号是非常不公平的。一旦让她们指挥调配，会因为她们的虚荣心给男人带来无尽的刺激，这是造成近代社会腐化的一大原因。

女人们在社会中到底处在何种地位更为合适？拿破仑一世说道：“女性无阶级。”我们不妨把这当成标准。其他的如夏佛茨倍利（英国伦理学家）的见解也很有道理。他说：“女人尽管是因男人的愚蠢和弱点而生，但与男人的理性完全无关。男女之间，只有表面上的同感，在精神、感情、性格等方面却绝不相同。”女人毕竟是女人，她们永远都跟不上男人的脚步。因此，在针对女性的弱点方面，我们唯有睁一只眼闭一只眼，不必太认真；但假如对她们过于尊敬，却又显得可笑与夸张，在她们看来，我们男人是在自降身份。

自混沌初开，人类一分为二时，就没有绝对的“等分”，不过是分成“积极”和“消极”两类，不但质是这样，量也是这样——比如东方民族和希腊罗马人，对女性的认识判断他们要比我们准确得多，他们赋予女性的地位，也比我们妥当得多。女性崇拜主义是基督教与日耳曼民族丰富感情的产物；它同样是将感情、意志与本能高举在意志头顶的浪漫主义运动的导火索，这种愚蠢到家的女性崇拜，常常让人联想到印度教“圣城”贝拿勒斯的神猿，当这只猿猴得知自己被当作神圣而获得 “禁止杀伤”的特权时，它就更加蛮横霸道了。女性的横霸与任性犹有过之。

西方各国所赋予女性的——特别是那“淑女”地位，实在是

错得离谱。从古至今都是屈居人下的女人，绝对不是我们应该敬重与崇拜的对象，由于她们依靠自身的条件与男人享有同样的权利还不可同日而语，更别说享有同等特权了，否则肯定造成不可挽回的损失。我们要求给予女人一定的地位，不只会被亚洲人的耻笑，若古希腊罗马人得知，也一定会讥笑我们的不智，只希望“淑女”一词自此消失无踪。如果这样，不管是在社会还是政治上，我相信都会带来不错的收益。

因为“淑女”这一身份的存在，让欧洲大部分女性（特别是那些身份不高的女人），比东方女性遭遇了更多不幸。这些所谓“淑女”根本没有存在的必要，不过对于那些主妇和就要成为主妇的少女们，她们确实不可或缺，对于后者，我们应该好好地教导她们，让她们不再狂妄自大，从而具有服从的优秀品质和快速适应家族生活的能力。

拜伦说：“古希腊妇女的生活状态，确实是一面很好的镜子。

男人可以为她们充分供给衣食，让她们不用为了谋生而到社会上抛头露面，可以全心全意地照顾家庭。要达到这种生存状态，她们一定要接受充足的宗教教育，与诗、政治理论等相关的书籍不读也罢，但有关‘敬神’和‘烹调’方面的书籍却必须得看。空闲时，绘画、跳舞、抚琴唱歌都可以，还可以不时造些园艺或者下田耕作。伊比鲁斯的女人都能够修筑出十分漂亮的道路来，我们现在的女人还有什么借口不做那些挤牛奶、砍枯草之类的简单工作呢？”

服从是女人的天性，在此我还可以进一步说明：年轻的女人本来是自由自在与独立不羁的（这有悖于女人的自然地位），但要不了多久，就要寻觅一个能够指挥统治自己的男人为伴，这就是女人的受支配需求。年轻时，支配者是她们的丈夫；年老时，便是倾听忏悔的僧侣。

拥有真正的爱是逃脱自我藩篱的标志

罗素

不被人爱是人们缺乏生活热情的主要原因之一，相反，被人爱的感觉比其他任何东西都更能提高人的热情。现实中，一个人感到自己不被人爱有多种因素。也许他自以为自己是个难以接近的人，所以没有一个人会喜欢他；也许他从小便习惯于得到比其他孩子更少的爱；或者事实上他就是一个谁也不爱的人。尤其

最后这种情况，其原因多数在于自己早期的不幸引起的自信心的缺乏。为了赢得别人的喜爱，感到自己不被人爱的人会因此而采取不同的态度，他也许会不遗余力，做出种种出人意料的亲昵举动。但他很可能不会成功，因为这种亲昵举动的动机很容易被对方识破，而人类天性却偏偏容易将爱给予那些对此要求最低的人。因此，那种试图通过乐善好施的行为而追逐爱的人，最终会因人们的忘恩负义而生幻灭之感。他从来没有想过，他试图去购买的爱，其价值远远大于他给予的物质恩惠，因为实际上两者的价格是不平等的，他反而以这种错觉作为自己行动的基础。

还有一类人，也发现自己不受欢迎，但却会对世界报复，通过挑起战争和革命，或者通过运用犀利的笔杆，像斯威夫特一样。这是一种对厄运的英勇反击，他们的性格要如此坚强，以至于可以与整个世界作对。但在现实中，很少有人具备如此强硬的性格，而绝大多数的人，因为自己不被人爱，通常只能陷入怯弱的失望之中，仅仅在偶然的一丝羡慕和怨恨之中叹吁一番，这些人的生活因此变得极端的自私自利，爱的缺失使他们缺乏安全感，并本能地回避这种感觉，结果造成了他们任凭习惯来左右自己的生活。对于那些使自己成为单调生活的奴隶的人来说，他们的行为大多由对冷酷的外在世界的恐惧所激起，他们以为如果他们沿着早已走过的路走下去，就能避免撞上这个世界。

比起这些在生活中总感到不安的人来，那些带着安全感面对生活的人要幸福得多。在绝大多数的情况下，安全感本身有助于一些人逃脱危险，而另一些人也许会屈从于它。如果你要走过一座独木桥，而底下是万丈深渊，这时如果你害怕了，反而比你不怕时更容易失足。生活之路也是如此。一个无所畏惧的人当然也会遭遇到突发的灾难，但在经过了一番艰苦的拼搏之后，他可能会安全无恙，毫发未损，而另一个人则可能在荆棘之中暗自悲伤。毋庸置疑，这种有益的自信心具有无数的表现形式，诸如有的人对高山充满信心，有的人对大海不屑一顾，也有人在蓝天上翱翔自如。然而对生活的自信，更多地来自人们需要多少爱就接受多少爱的习惯。下面讨论的就是这一作为热情之源的心理习惯。

是接受的爱，而不是给予的爱，才产生了这一安全感——虽然它主要来自于相互的爱。严格说来，不仅爱，敬仰也有同样的效果。比如一些职业本身就能够得到人们的敬仰，因而从事这一职业的人，如演员、牧师、演说家和政治家，越来越依赖于别人的喝彩。当他们从大众那儿获得了他们应得的那份赞誉，他们的生活充满了热情，否则，他们便会感到不快。甚至独处一隅，自我封闭起来。大众的热情对于他们来说，犹如少数人的盛情厚意之于别人。父母喜欢孩子，而孩子则将他们的爱当作自然法则来接受。虽然这种爱对于孩子的幸福至关重要，但他并不看重。他想象着大千世界，想象着他的人生中的冒险，想着他长大后将碰上的奇遇。不过，总有一种感觉存在于所有这些对外界关注的背后，这种感觉是：一旦灾难临头，父母就会尽其爱心来保护他。通常一个缺乏父母之爱的孩子，很可能胆小怯弱，不爱冒险，总感到惧怕，不敢再以欢快的心情去探究外部世界。这样的孩子可能在令人吃惊的小小年纪里就开始了对生与死、命运等问题的思考，从而变得性格内向，郁郁寡欢，以至于最后便从某种哲学或神学中寻求虚假的慰藉。

世界是个杂乱无章的场所，其中既有快乐之事，也有许多出于偶然的不愉快之事。试图为世界勾画出一个理性的框架或模式的愿望，从根本上说，就是一种惧怕的结果，实际上就是一种广场恐怖症或说对开阔场地的惧怕，在封闭的书斋里，胆怯的人会感到很安全。如果他能够使自己相信外部世界也是同样的安全，那么当他走上大街时，他就会感到实在、安全。而如果他以前得到过很多的爱，他就不会像现在这样惧怕外部世界了，也不会非得去创造一个只存在于他的信念中的理想世界。

然而，并不是所有的爱都有益于这种冒险精神的养成。只有被给予的爱本身必须是坚强的而非懦弱的，希望对方优越多于希望对方安全，当然决不是彻底不顾安全。一个胆小的母亲，她总是告诫孩子要警惕灾祸，她总认为所有的狗都咬人，所有的牛都如公牛般危险。这么做会使孩子们产生与她自己一样的胆怯心理，会使他们感到，除非父母近在咫尺，否则他们就不会安全。对一些控制欲过度膨胀的母亲来说，孩子的这种感觉也许会使她高兴，因为她希望孩子过分依赖自己，而不希望培养孩子自立的能力。在这种情况下，孩子在以后的岁月里会越来越糟，远甚于他没有得到半点爱的结局。早期形成的心理习惯往往会延续到生命的结束。有不少人在恋爱时，就希望寻找一处远离尘嚣的所在，在那儿，他们自信能让别人羡慕、称赞，而事实上他们并没有什么值得称赞的。对于许多男人来说，家是躲避现实的避难所——正是在家里，他们才没有了各种恐惧和胆怯的心理，而尽享天伦之乐，他们想从妻子那儿得到以前从母亲身上可以得到的东西，但是当妻子把他们看成大孩子时，他们又会惊诧莫名。

要给最完美的爱下个定义，实在不是一件容易的事，因为其中明显包括了某种保护性的成分。对于我们钟爱的人带来的损害，我们是不会无动于衷的。然而，我认为，相对于给予不幸的同情，对不幸的担忧，在爱中所起的作用应该越小越好。为他人的担忧仅仅略胜于为我们自身的担忧，而且这种担忧只是对占有欲的庇护。通过激起自己对别人的担忧，人们希望能获得对他们的更为彻底的控制。当然，这就是男人为什么喜欢胆怯的女子的原因之一，因为通过保护她们，他们就拥有了她们。但要付出多少的焦虑挂念才不会使受惠者受害，则取决于受害者的性格：坚强而富于冒险精神的人能够忍受大量的关心而不受其害，反之，个性懦弱的人应该让他不要奢望这种关心。

接受的爱有两种功能，前面我们还只谈及了安全这一种，但在成人的生活中，还有一种更为本质的生物性的爱。不能激发性爱，对任何为男子或女子而言，都是极为不幸的厄运，因为这剥夺了生活赋予他或她的最大的乐趣。这一剥夺迟早会挫伤他们的热情，造成性格的内向。但是很常见的是，孩提时代的不幸造成的性格缺陷又成了日后求爱失败的原因。与女人相比，男人在这点上更真实，因为女人往往爱慕男人的性格，而男人则追求女人的外貌。就这点而言，我们不得不承认男子不及女子，因为大体来说，男子在女子身上所发现的那些可爱的品质，远不如女子在男子身上发现的可爱本质那样值得去追求。不过，无法肯定的是，获得完美的性格比获得漂亮的外表容易。但不管怎样，女子更懂得并且更加乐意遵循获得漂亮外表的必需的步骤，而男子对于追求完美性格的过程却不像女子那么按部就班。

至此我们已经论述了以人为核心的爱，我现在想谈谈那种给予之爱。它同样有两种，一种可能是生活热情的最重要的表现；另一种则是恐惧感的表现。前者在我看来是值得称道的，而后者充其量不过是一种安慰而已。就像你在晴朗的天气里，沿着一条两岸风景如画的河流乘船航行，你会赞美堤岸并且为之陶醉。这种陶醉完全是一种源自外部的快乐，它与你自己的任何渴求毫无关系。另一方面，如果你的船只失事了，你拼命游向堤岸，这时，你就对它产生了一种新的爱——它意味着浪涛之中的安然无恙，美丑变得无关宏旨。

对于船只安然无恙的人的来说越美好的爱，对于船只失事的人的来说则越糟糕。第一种爱仅仅在一个人安全时才有可能，或者说这种爱对困扰他的危险无法预判，相反，后一种爱比其他情况下的爱更加主观和自私，因为被爱的价值这时仅在于其提供的援助，而不是其内在的品质。但这并不代表这种爱在生活中没有地位，事实上，几乎一切真实的爱都是上述两种爱的混合物，而且只要这种爱消除了不安全感，它便会使人再次对世界充满兴趣，而当危险来临、恐惧滋生的时候，兴趣却被掩盖了。不过，在承认这种爱在生活中的地位的同时，我们必须坚持一种观点，即这种爱远不如第一种爱，因为它基于恶魔般的恐惧感，而且更加自私。在完美的爱的沐浴下，一个人应该期盼崭新的欢乐，而不是逃避旧日的不幸。

完美的爱给双方以生命的活力，每个人在爱中愉快地接受爱，又自然而然地奉献爱。由于这种相互幸福的存在，每个人便会觉得世界其乐无穷。但在一种并不少见的爱中，一个人汲取着他人的生命之精华，接受别人的奉献出的爱却毫无回报。有些生命力极强的人就属于这一类型，他们从一个又一个牺牲品那儿榨取生命，使自己壮实起来、得意非凡，而那些他们赖以生存的人则日见消瘦、颓废、意气沉沉。这类人把别人当作达到自己目的的手段，而从不认为他们是目的本身。在某一时刻，或许他们认为自己是爱那些人的，但从根本上说，他们对那些人毫无兴致，而只关心能鼓动其活动的、也许是毫无人格的刺激物。不言而喻，这是由他们本性中的某种缺陷造成的。但要对此做出诊断或医治，并不是一件容易的事。这通常是与极大的野心相伴随的一种特征。我认为，这种特征源自于这么一种观点，这种观点对什么使人幸福具有极其片面的认识。彼此真正关怀的爱是真正的幸福的最重要的因素之一，它不仅是彼此幸福的手段，也是共同幸福的接合点。

一个人，无论他在事业上的成就有多大，如果他把自己封闭在铁墙之内而无法扩展这种彼此关怀的爱，那么他便失去了生活的最大快乐。将爱排斥于自身之外的念头，一般来说是某种愤怒或对人类仇恨的结果，这种愤怒和仇恨产生的原因不外乎青年时代的不幸遭遇，或成年生活中的不公正待遇，或其他任何导致迫害狂的因素。过分膨胀的自我好比一座监狱，如果你想享受充分的生活乐趣，就必须从中逃脱出去。拥有真正的爱是逃脱自我藩篱的标志之一。仅仅接受别人的爱是不够的，还应该把这接受到的爱释放出去，给予别人以爱。只有当这二者平等时，爱才能发挥它最佳的作用。

爱情和智慧，二者不可兼得

培根

人生就是一个舞台，爱情在上面扮演一个极其重要的角色。因为在舞台上，恋爱是长期可以供给喜剧的材料，有时也可以供给悲剧的材料；但是在人生中，恋爱只会招致祸患。它有时候像一位感人的美女，有时又像一位复仇的女神。你可以见到，一切伟大的人物中，无论是古人今人，只要是其盛名仍在人的记忆中的人，没有一个曾被爱情弄到疯狂的地步。由此可见，宏伟的事业和高贵的心灵都可以有效抵制这种近乎疯狂的爱情。

不过，并非所有的历史伟人都能逃过这种愚蠢的激情，这里就有两个例子除外；一个是曾经统治过半个罗马帝国的马尔库斯·安东尼，一是曾经当过罗马执政官及立法官的阿皮亚斯·克劳狄乌斯。前者无疑是个好色而无度的人，但是后者却是一个严肃而明智的人。所以，对于爱情来说，没有一处是它不能到达的。它不但可以钻进天真开朗的心扉，而且还会在你疏忽大意的时候闯入心灵的禁地。

伊壁鸠鲁有一句很经典的话正好反映了上面的情况，即“对于我们俩来说，互相就是一幕看不够的戏剧”，这话的意思好像是说，仰望上天和崇高事物的世人其实可以无所事事，只要对着自己的一个小小偶像顶礼膜拜就行了，使得自己成为它的奴仆。虽然这种奴仆不是只满足于吃喝的牲畜，但仍然是眼眸的奴隶，而上帝给予人类眼睛是为了让人类追寻更加崇高的目的。当人们注意到爱情的放纵以及它对事物的本质、价值视而不见时，内心的那种匪夷所思是不难理解的。由此可见，漫无边际的夸大其词唯独适用于爱情，并不适合人类生活中的其他方面，即使那句最为出名的话“世间的一切恭维者都知道，自己是最讨自己喜欢的恭维者”也不例外。

虽然这种说法大致符合实情，但是却不包括热恋的人在内；因为热恋者对所钟情的人的恭维程度远远超过了最自傲的人对自己的完美评价，所以古代的智者说得好：“爱情和智慧是不能同时得到的。”热恋中的人对自己的这个弱点并非视而不见，其实大多数被恋者自己心里也很清楚。当然除一种情况例外，那就是被恋者与热恋者互相爱恋。人们总是相信世界上存在一条基本法则，那就是爱情总能得到回报，要么是得到爱恋对象的倾情，要么得到长久积累于心的蔑视。因此，人们在对待爱情时应该有更多的理性，不要被爱的激情夺走一些东西，甚至丧失了自我。至于人们在爱的激情面前会丧失什么，古代有位诗人在他的诗歌中说得很明白：帕里斯更喜爱海伦，因此放弃了赫拉和雅典娜的礼物；因为一切把爱情看得重于生命的人都会放弃财富和智慧。当人们遭受困境的时候，还有人们过着事业辉煌、安定快乐的生活的时候，人性是最为软弱的，往往爱情就会频繁出现。不过，在人的背运倒霉情况下产生的爱情往往被人们忽略。其实，这两种时候都非常容易点燃爱情之火，并且使其燃烧得更加旺盛。由此可见，爱情确实是人性愚蠢的产物。

如果有人不得不接受爱情，并能把爱情摆放在人生中的适当位置，使得事业和爱情截然分开又相互协调，那么这个人算是处理爱情问题的高手了。如果爱情和事业相互纠缠，那么势必影响个人的时运，使人们无法完成自己的目标和任务。

军队里的人为什么大都好色多情，我对这个问题一直感到奇怪。也许，这与他们喜欢吃喝一样，冒险的生活总需要某种娱乐作为报酬。爱他人是人的天性中一个不可或缺的倾向；因此，如果没有只爱个别人或某几个人的自私的爱，那么爱终将会普及到每一个人身上。这样的话，人们都会像隐居的修士一样，具有仁慈高尚的品格。夫妻之间的爱情使人类的种族不断延续下去，朋友之间的关爱使人类不断完善自身，但是荒淫无度的爱则会使人类堕入无底的深渊。

贞操就是爱情吗

胡适

一

周作人先生所译的日本人谢野晶子的《贞操论》，（《新青年》四卷五号）我读了很有感触。这个问题，在世界上受了几千年的无意识的迷信，到近几十年中，方才有些西洋学者正式讨论这问题的真意义。文学家如易卜生的《群鬼》和Thomas Hardy的《苔史》（Tess），都带着讨论这个问题。如今家庭专制最利害的日本居然也有这样大胆的议论！这是东方文明史上一件极可贺的事。

当周先生翻译这篇文字的时候，北京一家很有价值的报纸登出一篇恰相反的文章。这篇文章是海宁朱尔迈的《会葬唐烈妇记》。（七月二十三四日北京《中华新报》）上半篇写唐烈妇之死如下：

> 唐烈妇之死，所阅灰水，钱卤，投河，雉经者五，

> 前后绝食者三；又益之以砒霜，则其亲试于杀人之方者凡九。自除夕上溯其夫亡之夕，凡九十有八日。夫以九死之惨毒，又历九十八日之长，非所称百挫千折有进而无退者乎？……

下文又借出一件“俞氏女守节”的事来替唐烈妇作陪衬：

> 女年十九，受海盐张氏聘，未于归，夫夭，女即绝食七日；家人劝之力，始进糜曰，“吾即生，必至张氏，宁服丧三年，然后归报地下。”

最妙的是朱尔迈的论断：

> 嗟乎，俞氏女盖闻烈妇之风而兴起者乎？……俞氏女果能死于绝食七日之内岂不甚幸？乃为家人阻之，俞氏女亦以三年为己任，余正恐三年之间，凡一千八十日有奇，非如烈妇之九十八日也。且绝食之后，其家人防之者百端，……虽有死之志，而无死之间，可奈何？烈妇倘能阴相之以成其节，风化所关，猗欤甚矣！

这种议论简直是全无心肝的贞操论。俞氏女还不曾出嫁，不过因为信了那种荒谬的贞操迷信，想做那“青史上留名的事”，所以绝食寻死，想做烈女。这位朱先生要维持风化，所以忍心害理的巴望那位烈妇的英灵来帮助俞氏女赶快死了，“岂不甚幸”！这种议论可算得贞操迷信的极端代表。《儒林外史》里面的王玉辉看他女儿殉夫死了，不但不哀痛，反仰天大笑道：“死得好!死得好!”（五十二回）王玉辉的女儿殉已嫁之夫，尚在情理之中。王玉辉自己“生这女儿为伦纪生色”，他看他女儿死了反觉高兴，已不在情理之中了。至于这位朱先生巴望别人家的女儿替他未婚夫做烈女，说出那种“猗欤甚矣”的全无心肝的话，可不是贞操迷信的极端代表吗？

贞操问题之中，第一无道理的，便是这个替未婚夫守节和殉烈的风俗。在文明国里，男女用自由意志，由高尚的恋爱，订了婚约，有时男的或女的不幸死了，剩下的那一个因为生时爱情太深，故情愿不再婚嫁。这是合情理的事。若在婚姻不自由之国，男女订婚以后，女的还不知男的面长面短，有何情爱可言？不料竟有一种陋儒，用“青史上留名的事”来鼓励无知女儿做烈女，“为伦纪生色”，“风化所关，猗欤甚矣!”我以为我们今日若要作具体的贞操论，第一步就该反对这种忍心害理的烈女论，要渐渐养成一种舆论，不但永不把这种行为看作“猗欤甚矣”可旌表褒扬的事，还要公认这是不合人情，不合天理的罪恶；还要公认劝人做烈女，罪等于故意杀人。

这不过是贞操问题的一方面。这个问题的真相，已经与谢野晶子说得很明白了。她提出几个疑问，内中有一条是：“贞操是否单是女子必要的道德，还是男女都必要的呢？”这个疑问，在中国更为重要。中国的男子要他们的妻子替他们守贞守节，他们自己却公然嫖妓，公然纳妾，公然“吊膀子”。再嫁的妇人在社会上几乎没有社交的资格；再婚的男子，多妻的男子，却一毫不损失他们的身份。这不是最不平等的事吗？怪不得古人要请“周婆制礼”来补救“周公制礼”的不平等了。

我不是说，因为男子嫖妓，女子便该偷汉；也不是说，因为老爷有姨太太，太太便该有姨老爷。我说的是，男子嫖妓，与妇人偷汉，犯的是同等的罪恶；老爷纳妾，与太太偷人，犯的也是同等的罪恶。

为什么呢？因为贞操不是个人的事，乃是人对人的事；不是一方面的事，乃是双方面的事。女子尊重男子的爱情，心思专一，不肯再爱别人，这就是贞操。贞操是一个“人”对别一个“人”的一种态度。因为如此，男子对于女子，也该有同等的态度。若男子不能照样还敬，他就是不配受这种贞操的待遇。这并不是外国进口的妖言，这乃是孔丘说的“己所不欲，勿施于人。”孔丘说：

> 君子之道四，丘未能一焉：所求乎子以事父，未能也；所求乎臣以事君，未能也；所求乎弟以事兄，未能也；所求乎朋友，先施之，未能也。

孔丘五伦之中，只说了四伦，未免有点欠缺。他理该加上一句道：

> 所求乎吾妇，先施之，未能也。
>
> 这才是大公无私的圣人之道！

二

我这篇文字刚才做完，又在上海报上看见陈烈女殉夫的事。今先记此事大略如下：

> 陈烈女名宛珍，绍兴县人，三世居上海。年十七，字王远甫之子菁士。菁士于本年三月廿三日病死，年十八岁。陈女闻死耗，即沐浴更衣，潜自仰药。其家人觉察，仓皇施救，已无及。女乃泫然曰："儿志早决，生虽未获见夫，殁或相从地下……"言讫，遂死，死时距其未婚夫之死仅三时而已。（此据上海绍兴同乡会所出征文启。）

过了两天，又见上海县知事呈江苏省长请予褒扬的呈文，中说：

> 呈为陈烈女行实可风，造册具书证明，请予按例褒扬事。……（事实略）……兹据呈称，……并开具事实，附送褒扬费银六元前来。……知事复查无异。除先给予"贞烈可风"匾额，以资旌表外，谨援《褒扬条例》……之规定，造具清册，并附证明书，连同褒扬费，一并备文呈送，仰祈鉴核，俯赐咨行内务部将陈烈女按例褒扬，实为德便。

我读了这篇呈文，方才知道我们中华民国居然还有什么《褒扬条例》。于是我把那些条例寻来一看，只见第一条九种可褒扬的行谊的第二款便是“妇女节烈贞操可以风世者”；第七款是“著述书籍，制造器用，于学术技艺或发明或改良之功者”；第九款是“年逾百岁者”！一个人偶然活到了一百岁，居然也可以与学术技艺上的著作发明享受同等的褒扬！这已是不伦不类可笑得很了。再看那条例《施行细则》解释第一条第二款的“妇女节烈贞操可以风世者”如下：

> 第二条：《褒扬条例》第一条第二款所称之“节”妇，其守节年限自三十岁以前守节至五十岁以后者。但年未五十而身故，其守节已及六年者同。
>
> 第三条：同条款所称之“烈”妇“烈”女，凡遇强暴不从致死，或羞忿自尽，及夫亡殉节者，属之。
>
> 第四条：同条款所称之“贞”女，守贞年限与节妇同。其在夫家守贞身故，及未符年例而身故者，亦属之。

以上各条乃是中国贞操问题的中心点。第二条褒扬“自三十岁以前守节至五十岁以后”的节妇，是中国法律明明认三十岁以下的寡妇不该再嫁；再嫁为不道德。第三条褒扬 “夫亡殉节”的烈妇烈女，是中国法律明明鼓励妇人自杀以殉夫；明明鼓励未嫁女子自杀以殉未嫁之夫。第四条褒扬未嫁女子替未婚亡夫守贞二十年以上，是中国法律明明说未嫁而丧夫的女子不该再嫁人，再嫁便是不道德。

这是中国法律对于贞操问题的规定。

依我个人的意思看来，这三种规定都没有成立的理由。

第一，寡妇再嫁问题　这全是一个个人问题。妇人若是对她已死的丈夫真有割不断的情义，她自己不忍再嫁；或是已有了孩子，不肯再嫁；或是年纪已大，不能再嫁；或是家道殷实，不愁衣食，不必再嫁；——妇人处于这种境地，自然守节不嫁。还有一些妇人，对她丈夫，或有怨心，或无恩意，年纪又轻，不肯抛弃人生正当的家庭快乐；或是没有儿女，家又贫苦，不能度日；——妇人处于这种境遇没有守节的理由，为个人计，为社会计，为人道计，都该劝她改嫁。贞操乃是夫妇相待的一种态度。夫妇之间爱情深了，恩谊厚了，无论谁生谁死，无论生时死后，都不忍把这爱情移于别人，这便是贞操。夫妻之间若没有爱情恩意，即没有贞操可说。若不问夫妇之间有无可以永久不变的爱情，若不问做丈夫的配不配受他妻子的贞操，只晓得主张做妻子的总该替她丈夫守节；这是一偏的贞操论，这是不合人情公理的伦理。再者，贞操的道德，"照各人境遇体质的不同，有时能守，有时"忠臣不事二君，烈女不更二夫"；只晓得说"饿死事极小，失节事极大"；（用程子语）这是忍心害理，男子专制的贞操论。——以上所说，大旨只要指出寡妇应否再嫁全是个人问题，有个人恩情上，体质上，家计上种种不同的理由，不可偏于一方面主张不近情理的守节。因为如此，故我极端反对国家用法律的规定来褒扬守节不嫁的寡妇。褒扬守节的寡妇，即是说寡妇再嫁为不道德，即是主张一偏的贞操论。法律既不能断定寡妇再嫁为不道德，即不该褒扬不嫁的寡妇。

第二，烈妇殉夫问题　寡妇守节最正当的理由是夫妇间的爱情。妇人殉夫最正当的理由也是夫妇间的爱情。爱情深了，生离尚且不能堪，何况死别？再加以宗教的迷信，以为死后可以夫妇团圆。因此有许多妇人，夫死之后，情愿杀身从夫于地下。这个不属于贞操问题。但我以为无论如何，这也是个人恩爱问题，应由个人自由意志去决定。无论如何，法律总不该正式褒扬妇人自杀殉夫的举动。一来呢，殉夫既由于个人的恩爱，何须用法律来褒扬鼓励？二来呢，殉夫若由于死后团圆的迷信，更不该有法律的褒扬了。三来呢，若用法律来褒扬殉夫的烈妇，有一些好名的妇人，便要借此博一个“青史留名”；是法律的褒扬反发生一种沽名钓誉，作伪不诚的行为了！

第三，贞女烈女问题　未嫁而夫死的女子，守贞不嫁的，是“贞女”；杀身殉夫的是“烈女”。我上文说过，夫妇之间若没有恩爱，即没有贞操可说。依此看来，那未嫁的女子，对于她丈夫有何恩爱？既无恩爱，更有何贞操可守？我说到这里，有个朋友驳我道，“这话别人说了还可，胡适之可不该说这话。为什么呢？你自己曾做过一首诗，诗里有一段道：

> 我不认得他，他不认得我，我却常念他，这是为什么？
> 岂不因我们，分定常相亲？由分生情意，所以非路人。
> 海外土生子，生不识故里，终有故乡情，其理亦如此。

依你这诗的理论看来，岂不是已订婚而未嫁娶的男女因为名分已定，也会有一种情意。既有了情意，自然发生贞操问题。你如今又说未婚嫁的男女没有恩爱，故也没有贞操可说，可不是自相矛盾吗？”

我听了这段驳论，几乎开口不得。想了一想，我才回答道：我那首诗所说名分上发生的情意，自然是有的；若没有那种名分上的情意，中国的旧式婚姻决不能存在。如旧日女子听人说他未婚夫的事，即面红害羞，即留神注意，可见她对她未婚夫实有这种名分上所发生的情谊。但这种情谊完全属于理想的。这种理想的情谊往往因实际上的反证，遂完全消灭。如女子悬想一个可爱的丈夫，及到嫁时，只见一个极下流不堪的男子，她如何能坚持那从前理想中的情谊呢？我承认名分可以发生一种情谊，我并且希望一切名分都能发生相当的情谊。但这种理想的情谊，依我看来实在不够发生终身不嫁的贞操，更不够发生杀身殉夫的节烈。即使我更让一步，承认中国有些女子，例如吴趼人《恨海》里那个浪子的聘妻，深中了圣贤经传的毒，由名分上真能生出极浓挚的情谊，无论她未婚夫如何淫荡，人格如何堕落，依旧贞一不变。试问我们在这个文明时代，是否应该赞成提倡这种盲从的贞操？这种盲从的贞操，只值得一句“其愚不可及也”的评论，却不值得法律的褒扬。法律既许未嫁的女子夫死再嫁，便不该褒扬处女守贞。至于法律褒扬无辜女子自杀以殉不曾见面的丈夫，那更是男子专制时代的风俗，不该存在于现今的世界。

总而言之，我对于中国人的贞操问题，有三层意见。

第一，这个问题，从前的人都看作“天经地义”，一味盲从，全不研究“贞操”两字究竟有何意义。我们生在今日，无论提倡何种道德，总该想想那种道德的真意义是什么。墨子说得好：

子墨子问于儒者曰，“何故为乐？”曰，“乐以为乐也。”子墨子曰，“子未我应也。今我问曰，‘何故为室？’曰，‘冬避寒焉，夏避暑焉，室以为男女之别也’，则子告我为室之故矣。今我问曰，‘何故为乐？’曰‘乐以为乐也。’是犹曰，‘何故为室？’曰，‘室以为室也。’”（公孟篇）

今试问人“贞操是什么？”或“为什么你褒扬贞操？”’他一定回答道，“贞操就是贞操。我因为这是贞操，故褒扬他。”这种“室以为室也”的论理，便是今日道德思想宣告破产的证据。故我做这篇文字的第一个主意只是要大家知道“贞操”这个问题并不是“天经地义”，是可以彻底研究，可以反复讨论的。

第二，我以为贞操是男女相待的一种态度，乃是双方交互的道德，不是偏于女子一方面的。由这个前提，便生出几条引申的意见：（一）男子对于女子，丈夫对于妻子，也应有贞操的态度；（二）男子做不贞操的行为，如嫖妓娶妾之类，社会上应该用对待不贞妇女的态度来对待他；（三）妇女对于无贞操的丈夫，没有守贞操的责任；（四）社会法律既不认嫖妓纳妾为不道德，便不该褒扬女子的“节烈贞操”。

第三，我绝对的反对褒扬贞操的法律。我的理由是：

（一）贞操既是个人男女双方对待的一种态度，诚意的贞操是完全自动的道德，不容有外部的干涉，不须有法律的提倡。

（二）若用法律的褒扬为提倡贞操的方法，势必至造成许多沽名钓誉，不诚不实，无意识的贞操举动。

（三）在现代社会，许多贞操问题，如寡妇再嫁，处女守贞等等问题的是非得失，却都还有讨论余地，法律不当以武断的态度制定褒贬的规条。

（四）法律既不奖励男子的贞操，又不惩男子的不贞操，便不该单独提倡女子的贞操。

（五）以近世人道主义的眼光看来，褒扬烈妇烈女杀身殉夫，都是野蛮残忍的法律，这种法律，在今日没有存在的地位。

四
你是人间的四月天

你是一树一树的花开，是燕在梁间呢喃。你是爱，是暖，是希望，你是人间的四月天。

你是人间的四月天

林徽因

我说你是人间的四月天；
笑响点亮了四面风；轻灵
在春的光艳中交舞着变。
你是四月早天里的云烟，
黄昏吹着风的软，星子在
无意中闪，细雨点洒在花前。
那轻，那娉婷，你是，鲜妍
百花的冠冕你戴着，你是
天真，庄严，你是夜夜的月圆。
雪化后那片鹅黄，你像；新鲜
初放芽的绿，你是；柔嫩喜悦，
水光浮动着你梦期待中白莲。
你是一树一树的花开，是燕
在梁间呢喃——你是爱，是暖，
是希望，你是人间的四月天！

致芳妮

济慈

我求你，疼我、爱我！是的，爱！
仁慈的爱，从不会挑逗、耍弄，
一心一意地、坚定不移地、坦诚地爱，
没有伪饰，透明无瑕，纯洁无染！
啊，让我完全地拥有你——全部，全部，属于我！
形体，金发，那甜美细腻的情趣，
爱啊，你的吻，你的手，你那动人的双眸，
温暖、洁白、圣洁、销魂的胸脯——
你，你的灵魂，请心疼我，全给我，
不要有一丝一毫的保留，否则，我就去死，
或者活着，沦为被你怜悯的奴隶，
迷茫，忧伤，没有了自我
生活的目标——我的精神品味
也从此麻木全失，我的野心壮志也从此消亡！

致燕妮

马克思

（一）

燕妮，请你微笑，你将感到奇怪，
为什么《致燕妮》这个标题充满了我所有的诗集。
于我而言，这个世界只有你，
才能将我鼓舞，才能给我安慰，
你是我灵魂深处的光辉，犹如哲学那般耀眼深刻。
这所有的一切，都深埋在你的名字里。

燕妮，你的名字，每笔每划，都是奇迹！
你名字发出的每一个声音都是天籁，
你的名字奏出的每一个乐章都在我耳朵里。
犹如是传说中的美丽精灵，
犹如是春天夜色里的月华，
犹如是金色琴弦弹出的乐声。

（二）

尽管书页浩瀚如海，我亦能把你的名字，
将它填满。
你的名字将在书页里燃烧，散发出思想的火焰。
战斗的信念和事业迸发如喷泉，
让人们把生活中那永恒而持久的真理看见，
让人类的诗歌呈现，
彼时，旧世界将消逝，新世界将狂欢，
宇宙将延绵到永远。

燕妮这个名字，纵然刻在砂砾样的骰子上，
我也能念出，
这个名字将在风中回荡，
给我带来幸福的消息，
我将把这个名字歌唱，让所有人知道，
燕妮这个名字代表爱情。

（三）

什么才能称之为语言，
难道仅仅是为了表达平庸？
难道只是为了传播无稽之谈？
它是否能说出神圣的感情？
而我的爱情啊，犹如巨人般伟大，

它能翻江倒海，也能踏平高山。
啊，语言，你这精神宝库的神窃，
可以将所有事物蔑视，
唯独只把爱情歌唱，
而这是人们不愿意公开的秘密。

燕妮，如果我能控制雷声，
要是我能掌握语言，
我就要把辽阔的天空，
用闪电写满你的名字，
我将借此表达我的爱情，
全世界都将永远记得。

雅典的少女

拜伦

你乃我命，我爱你。
雅典之少女，在离别前，
请把我的心归还。
或者，既然它已经不属于我。
你就留着，也把其余的拿去，
请你聆听我离别的誓言：
你乃我命，我爱你。

我要那自由飞扬的头发，
让爱琴海的风将它追逐，
我要那墨玉般漆黑的眼睛，
让睫毛亲吻你脸颊的红晕。
我要拿野鹿似的眼睛发出誓言：
你乃我命，我爱你。

我许久前就想吻的唇，
我许久前就想握的腰身，
我要所有定下爱情的鲜花，
因为它们比一切言语更有力量，
不管爱情是悲是喜，我要说：
你乃我命，我爱你。

雅典之少女，尽管我们已经分别，
但请你不要将我遗忘，当孤独缠绕你时，
尽管我在伊斯坦堡的路上旅行，
但雅典始终萦绕在我灵魂，
我能够不爱你吗？不能！
你乃我命，我爱你。

给黛莉亚

普希金

呵，亲爱的黛莉亚！
我之美人，请快些，
天穹已经升起金色的爱情之星。
月亮已经落下，
请快些，你的阿尔古斯已经离开。
睡眠合上了他的眼睛。

树林幽深，
浓荫幽静，
有着一条孤独的溪流，
涌着银色的浪。
也有着菲罗米拉低声的吟唱，
是那么忧郁。

月光笼罩着这里，
夜幕将我们轻轻覆盖，
树影轻晃，让人思眠。
恋爱的时间飞快流逝，
愿望如火般将我燃烧。
啊，黛莉亚，请快些，
请来和我偎依。

我的恋人

戴望舒

我将对你说我的恋人，
我的恋人是一个羞涩的人，
她是羞涩的，有着桃色的脸，
桃色的嘴唇，和一颗天青色的心。
她有黑色的大眼睛，
那不敢凝看我的黑色的大眼睛——
不是不敢，那是因为她是羞涩的，
而当我依在她胸头的时候，
你可以说她的眼睛是变换了颜色，
天青的颜色，她的心的颜色。
她有纤纤的手，
它会在我烦忧的时候安抚我，
她有清朗而爱娇的声音，
那是只向我说着温柔的，

温柔到销熔了我的心的话的。
她是一个静娴的少女，
她知道如何爱一个爱她的人，
但是我永远不能对你说她的名字，
因为她是一个羞涩的恋人。

雪花的快乐

徐志摩

假如我是一朵雪花，
翩翩的在半空里潇洒，
我一定认清我的方向——
飞扬，飞扬，飞扬，——
这地面上有我的方向。
不去那冷寞的幽谷，
不去那凄清的山麓，
也不上荒街去惆怅——
飞扬，飞扬，飞扬，——
你看，我有我的方向！
在半空里娟娟的飞舞，
认明了那清幽的住处，
等着她来花园里探望——
飞扬，飞扬，飞扬，——

啊，她身上有朱砂梅的清香！
那时我凭藉我的身轻，
盈盈的，沾住了她的衣襟，
贴近她柔波似的心胸——
消溶，消溶，消溶——
溶入了她柔波似的心胸！

给一个异国女郎

普希金

我给你写下的赠别诗句，
是以世界不懂的语言。
可是，我却想引起你的注目，
我的朋友，当离别悄然来临，
我只能放弃爱情，才不至于消沉。
但我将继续仰望你，
朋友啊，我余生将只仰望你一人。
纵然你将注视别人的脸，
但请你信任我的心，
就像你以前那么信任，
尽管那时你还不明白它的激情。

你去

徐志摩

你去，我也走，我们在此分手；
你上那一条大路，你放心走，
你看那街灯一直亮到天边，
你只消跟从这光明的直线！
你先走，我站在此地望着你：
放轻些脚步，别教灰土扬起，
我要认清你远去的身影，
直到距离使我认你不分明。
再不然，我就叫响你的名字，
不断的提醒你，有我在这里，
为消解荒街与深晚的荒凉，
目送你归去……
不，我自有主张，
你不必为我忧虑；你走大路，

我进这条小巷。你看那株树，
高抵着天，我走到那边转弯，
再过去是一片荒野的凌乱；
有深潭，有浅洼，半亮着止水，
在夜芒中像是纷披的眼泪；
有乱石，有钩刺胫踝的蔓草，
在守候过路人疏神时绊倒，
但你不必焦心，我有的是胆，
凶险的途程不能使我心寒。
等你走远，我就大步的向前，
这荒野有的是夜露的清鲜；
也不愁愁云深裹，但求风动，
云海里便波涌星斗的流汞；
更何况永远照彻我的心底，
有那颗不夜的明珠，我爱——你！

雨巷

戴望舒

撑着油纸伞，独自
彷徨在悠长、悠长
又寂寥的雨巷
我希望逢着
一个丁香一样的
结着愁怨的姑娘

她是有
丁香一样的颜色
丁香一样的芬芳
丁香一样的忧愁
在雨中哀怨
哀怨又彷徨

她彷徨在这寂寥的雨巷
撑着油纸伞
像我一样
像我一样地
默默彳亍着
冷漠、凄清，又惆怅

她默默地走近
走近，又投出
太息一般的眼光
她飘过
像梦一般的
像梦一般的凄婉迷茫

像梦中飘过
一枝丁香地
我身旁飘过这女郎
她静默地远了，远了
到了颓圮的篱墙
走尽这雨巷

在雨的哀曲里
消了她的颜色
散了她的芬芳

消散了，甚至她的
太息般的眼光
丁香般的惆怅

撑着油纸伞，独自
彷徨在悠长、悠长
又寂寥的雨巷
我希望飘过
一个丁香一样地
结着愁怨的姑娘

冷酷的妖女

济慈

1

哦，为何这样痛苦，骑士？

孤单彷徨，面色苍白？

湖中的芦苇已经枯萎，

鸟儿也不再歌唱！

2

哦，为何这样痛苦，骑士？

悲伤无助，憔悴沮丧？

松鼠的巢穴已经贮满食粮，

庄稼也都进了谷仓。

3

我看见你的额角好似白百合，

病热的汗水仿如颗颗露珠，
我看见你的面颊好似玫瑰，
正在迅速地枯萎。

4
我在草地上遇见了一位姑娘，
艳光四射好似天仙之女，
她长发飘逸，她双足轻盈，
她双眸中闪着野性的光。

5
我为她编织花环，
还有手镯和芳香的腰带，
她望着我好像是真心爱着，
又柔声地轻轻叹息。

6
我带她骑上骏马逡巡游走，
整天除了她什么也不看，
她侧身靠着我，吟唱着，
歌声好似仙境曼妙。

7
她为我采来鲜美的根茎，

甜蜜的甘露和野蜂蜜，
她说着奇异的话语，听来正像
“我是真的爱你”。

8
她带着我来到她的洞府，
一边哭泣一边连连哀叹，
我轻轻阖上那狂野的、狂野的双眸，
以轻轻的四个吻。

9
在她的洞府我渐渐入睡，
然后我梦见——哦！真是灾难！
从未有也再不会有比那更糟的噩梦，
就在这冷冰冰的山边。

10
我看见了国王，王子，无数骑士
个个脸色苍白死寂，
他们叫喊着——冷酷的妖女
她也把你抓来了！

11
幽暗中我看见他们张大了嘴，

吼出了可怕的警告；
我一下惊醒，发现自己
就在这冷冰冰的山边。

12

我因此而徘徊在这里，
孤单彷徨，面色苍白；
湖中的芦苇已经枯萎，
鸟儿也不再歌唱！

当你老了

叶芝

当你老了，青丝染上霜斑，
当你睡意深深，倦坐炉边，
请你取下这本诗集，缓缓阅读，
回想当年你那温柔的眸眼以及影子的幽暖。

多少人爱你那段曼妙的时光，
以真情或假意爱着你美丽的容颜，
但只有一个人深深爱着你圣洁的灵魂，
以及你因为衰老而哀伤的脸。

当你在温暖的炉边低下头，
带着怅惘诉说爱情是怎样消逝时，
他正踽踽浪游在头顶的群山间，
将脸隐藏于注视你的繁星后面。

分离之际

拜伦

爱已成恨，恨成冰，
冰已成灰，灰随风，
静默无语，
黯然于分手的泪影。
那一刹那，预示着今日之痛。

晨光里是我额角的寒露，
已预告了我今时的心情。
你已蜕变——
蜕变的如此肤浅。
当人们提及你的名字，
我亦觉耻辱。

他们在我面前谈论你，

宛若敲一口通向死亡之路的钟。
我战栗地扪心自问，
往日为何对你情重。
他们不知你我为故交。
过往从密，
我久久陷在悔恨之中。
恨之至深，无可告人。

你我昔曾秘密幽会，
我沉默而悲伤。
你却自欺，且欺人，
将我们的过往弃之不顾。
在多年之后，
如我们偶然邂逅，
你我将如何面对？
恐只能相期泪眼。